LUCI ZANDIANE

IL ROMANZO DELLA FESTA ALIENA

RENEE ROSE
REBEL WEST

Traduzione di
EMA FERRARI

 Creato con Vellum

OTTIENI IL TUO LIBRO GRATIS!

Iscrivetevi alla newsletter di Renee per ricevere Indomita, scene bonus gratuite e notifiche riguardo a nuove pubblicazioni!

https://subscribepage.com/reneeroseit

CAPITOLO UNO

K ianna
Mi sta guardando. Di nuovo.

Diedi una sbirciatina al vasto spazio di lavoro ricoperto di componenti elettroniche che necessitavano di riparazione. Anche se l'alto e affascinante zandiano era almeno a cinquanta passi di distanza, percepivo i suoi movimenti sulla superficie della mia pelle.

Quando si accorse che lo stavo guardando, incrociò le braccia e si accigliò. «Kianna, quel pezzo non si sistemerà da solo.»

Cercai di ignorare il modo in cui i suoi enormi muscoli si gonfiavano, perché era davvero un asino. «Hai ragione, Mykl.» Alzai gli occhi al cielo. «Quanto sono fortunata ad avere un capo così perspicace. Mi insegni sempre qualcosa di nuovo.»

Tossì e si incupì ancora di più. «È insubordinazione?» Quando aveva assunto per la prima volta l'incarico di supervisore degli umani, Mykl non riusciva a capire il nostro sarcasmo, ma dopo quasi un ciclo solare in cui lo prendevo costantemente in giro, era diventato esperto. Inarcò un sopracciglio con aria severa.

Mi si rivoltò lo stomaco per l'adrenalina. Era ufficialmente il mio maestro e supervisore, il che significava che gli era permesso disciplinarmi.

Fisicamente.

E avevo sentito dalle mie amiche umane quali cose deliziosamente sporche potevano accadere quando provocavano i loro compagni zandiani. Se li prendevano in giro troppo. Oppure quando infrangevano le regole. Per qualche ragione, gli zandiani credevano che il modo migliore per condizionare gli esseri umani alla loro società passasse attraverso le punizioni sessuali.

Adoravo l'idea. Qualunque cosa era meglio dei crudeli shock stick e della fame a cui mi avevano sottoposta nella fabbrica dove lavoravo come schiava prima di essere acquistata all'asta dai guerrieri zandiani.

Ovviamente Mykl non mi aveva toccata. Non era il mio compagno. Non era mio amico. Non gli piaceva nemmeno essere il mio maestro, anche se a volte lo sorprendevo a guardarmi con appetito.

«Quello» – indicai la panchina – «è un Phaser classe 4 funzionante. *Prego.*» Mi alzai, gli rivolsi un sorriso dolce e mi asciugai le mani sui pantaloni attillati.

I suoi occhi seguirono i miei movimenti e passarono dal marrone bordato di viola al viola totale. Il suo broncio si fece più marcato. «Impossibile. Te l'ho dato appena nell'ultima rotazione del pianeta. Ricontrolla il tuo lavoro.» Attraversò la stanza, raggiungendomi velocemente.

Feci un respiro profondo per la sua vicinanza. «Già fatto. Due volte.» Quando si avvicinava così tanto a me, avevo le vertigini. «Maestro Mykl.» Lo punzecchiavo di più in queste ultime rotazioni planetarie. Non potevo resistere al modo in cui rispondeva, con un ringhio e un ammonimento... ma anche con il calore nel suo sguardo. E sapevo che non era possibile che mi stessi immaginando l'inclinazione delle sue antenne nella mia direzione.

«Allora fallo per la terza volta.» Ignorando le mie provocazioni, prese il pezzo e lo esaminò, rigirandolo tra le dita forti e abili. Mi guardò. Poi guardò di nuovo il pezzo. «Per le stelle. Penso che potrebbe essere corretto.»

«Oh, sì che lo è.» Gli lanciai un'occhiata. «Fidati di me.» Non potei fare a meno di sorridere alla sua espressione stupita.

«Non mi fido mai degli umani.» La sua risposta fu rapida e automatica, e l'avevo già sentita da lui, ma mi colpì lo stomaco, togliendomi il sorriso. Di tutti gli zandiani che avevo incontrato, Mykl era il meno aperto nei confronti delle umane. Ero convinta che, se avesse potuto fare a modo suo, ci avrebbe mandate tutte via di qui. Non importava il fatto che la sua specie avesse bisogno di noi come compagne se voleva ripopolare il suo pianeta.

Scossi la testa. «Allora vai a fare un test con questo sulla navicella di prova sulla pista.» Indicai oltre le grandi porte, dove si trovava la pista di atterraggio. «Vedrai.»

«Seguimi.» Ordinò e iniziò a camminare, e io gli trotterellai dietro, correndo per tenere il passo con il suo, dato che aveva le gambe lunghe. «Prova a stare accanto a me, Kianna.»

«Oh, mi piacerebbe stare con te» mormorai.

«Che cosa?» Si fermò e si girò, trafiggendomi con lo sguardo.

«Mi piacerebbe poter camminare abbastanza veloce da restare al tuo fianco.» Spalancai gli occhi sfoderando il mio sguardo più innocente. «Peccato che noi umane siamo così fragili e piccole.»

Gli zandiani non alzavano gli occhi al cielo, ma se fossero stati abituati a farlo, di certo lo avrebbe fatto. Sentivo un tumulto di emozioni dentro questo feroce guerriero che faceva del suo meglio per non mostrarne mai nulla.

«Sospetto che tu mi stia prendendo in giro.» Fissò lo sguardo su di me e io trattenni il respiro. «La propensione umana per quello che chiami sarcasmo. Non consiglio un comportamento del genere, Kianna.»

Sentii uno sfarfallio in pancia...non avrei dovuto provare tanto piacere nel vederlo diventare severo. «Hmm. Mi chiedo però cosa accadrebbe se continuassi?» valutai.

«Ti assegnerei a un'altra cupola» ribatté, «e troverei un nuovo tecnico elettronico che sia in grado di lavorare in modo più professionale con me.»

«Buona fortuna.»

«Come prego?»

«Se ciò dovesse accadere, ti augurerei il massimo successo nella tua ricerca. Questo lavoro è davvero fondamentale per Zandia.» Sorrisi. «Sarebbe un vero peccato se il progresso subisse una battuta d'arresto.»

«Femmine umane» mormorò. «Se fossi la mia...» iniziò. Le antenne erano spesse, il corpo teso. Il modo in cui si comportava mi fece improvvisamente pensare che volesse quello che volevo io...

Ma poi si allontanò. «Non importa.» Sembrava irritato. «Vai a prendere Amber e iniziate la sequenza di test 7A5.»

«Subito. Test in corso praticamente mentre parliamo.»

Non ci voleva molto. Guardai l'area, stabilii un contatto visivo e alzai la mano. Un secondo dopo, la mia amica e collega era al mio fianco.

«Sei veloce per essere così avanti con la gravidanza.» Le toccai la pancia e la abbracciai.

«È il piccolo. Penso che mi dia energia.» Si massaggiò l'addome. «Gli abbiamo già dato un nome e lui lo conosce, perché quando lo diciamo scalcia. Guarda.» Si schiarì la voce e abbassò lo sguardo. «Jasper, questa è Kianna! Di' ciao!»

Un attimo dopo, la pancia le si gonfiò.

«Hai visto?» Praticamente brillava di eccitazione. «Inoltre, scalcia ogni volta che i miei compagni fanno sesso con me» mi sussurrò all'orecchio.

Mykl sembrava a disagio come non l'avevo mai visto. Il suo viso divenne di un viola più intenso. «Per favore, conservate la discussione personale per dopo» disse con tono duro. Sapevo che aveva sentito quello che aveva detto Amber: questo zandiano poteva letteralmente sentire a chilometri di distanza.

Mi venne in mente l'immagine di Amber che veniva scopata dai suoi due compagni e cercai di scacciarla. Non sapevo cosa volesse dire accoppiarsi con uno zandiano, tanto meno con due o più. Lanciai un'occhiata fugace alla figura forte di Mykl. Stelle, mi stava guardando di nuovo. Mi accalorai e dovetti distogliere lo sguardo, perché il mio cervello stava escogitando scenari selvaggi e impossibili che prevedevano lui che mi piegava sulla postazione di lavoro e si comportava in modo selvaggio con me.

«Se voi due riuscite a finirla con le vostre chiacchiere, forse potreste impegnarvi nei nostri veri lavori.» Mykl si occupò del modulo di test. «Dobbiamo finire subito questo modulo di battaglia perché re Zander mi ha chiesto di preparare le banche di raccolta dell'energia per l'imminente eclissi di cristallo.»

«Possono funzionare?» Spalancai gli occhi. «Le banche dell'energia? Non abbiamo perfezionato quella tecnologia.»

«Beh, non lo sapremo se non ci proviamo» rispose. «E per provare, intendo portare a termine il nostro lavoro.»

«Per essere uno che afferma di non amare il sarcasmo, sei abbastanza abile nell'applicarlo» non potei fare a meno di sottolineare.

«Non ho mai detto che ignoravo la tecnica.» Mi si avvinò e il calore del suo corpo si irradiò nel mio, alimentando il fuoco che avevo tra le gambe. «Solo che non mi piace sentirlo uscire dalle tue labbra.»

Ora parlava di labbra. Alzai lo sguardo sul suo. Così pieno per un viso così spigoloso.

«Cosa vorresti sentire invece dalle mie labbra?» Non riuscivo a smettere di guardare la sua figura aliena, di delineare con lo sguardo la mascella glabra, la fossetta sul mento.

Feci ancora un passo avanti e lui mi bloccò contro la postazione di lavoro, una mano su entrambi i lati dei miei fianchi. Il respiro mi si bloccò in gola. Aveva gli occhi cupi, lo sguardo annebbiato. Fisso sulla mia bocca. Per un breve momento, pensai che stesse per baciarmi, ma improvvisamente fece un passo indietro e si voltò. «Ciò che apprezzerei, Kianna, è che tu completassi i tuoi compiti come indicato senza alcuna sfacciataggine. È chiedere troppo?»

«No. Cioè, sì, posso farlo.» Sottomessa, lanciai un'occhiata ad Amber. Inclinò la testa verso di lui e mi lanciò un'occhiata interrogativa. Scossi la testa e feci una smorfia.

«A cosa servono le banche dell'energia?» Amber mi guardò. «Questa è la prima volta che ne sento parlare.»

«Re Zander desidera che la cerimonia dei cristalli di questo ciclo solare sia un successo.» La voce di Mykl era dura. «Spera che ciò incoraggi molti più zandiani e umani a, ehm, scegliere dei compagni. E vorrebbe che creassimo la tecnologia per assorbire le radiazioni extra in modo da poterle utilizzare in seguito.»

Gli zandiani sopravvivevano principalmente grazie all'energia proveniente dai cristalli incastonati nel nucleo del loro pianeta. La luce irradiata attraverso questi cristalli ne amplificava i poteri vivificanti e curativi, lo avevano scoperto quando erano stati costretti a vivere fuori dal pianeta.

Mi toccai le labbra. «Perché si tratta di un'impennata così potente? Succede solo una volta ogni mille cicli solari.» Riflettei. «E l'esplosione di energia è una forza vitale come nessun'altra. È il momento perfetto, questo, poiché il pianeta e la popolazione stanno lavorando per ricostruire.»

«Ha senso assorbirne quanta più possibile.» Mykl inclinò la testa verso di me con quel raro sguardo di orgoglio che a volte lasciava trasparire attraverso il suo atteggiamento burbero, e io arrossii. Mi sarebbe piaciuto assorbire qualcosa da lui, questo era certo.

«Dato che ho già dei compagni» Amber si dimenò e sorrise, «useremo l'energia che assorbiamo per aiutare il nostro bambino a essere forte e sano e a rafforzare il nostro legame. Non vedo l'ora. Ho sentito dire che, quando ti trovi sotto i raggi dell'energia intensificata con qualcuno che ami, è indescrivibile.»

«Ma non sappiamo nemmeno se è sicuro per gli esseri umani, ancora» la avvertii. «Al culmine del solstizio.»

«In realtà, questa è una notizia dell'ultima ora.» Sorrise e mi toccò il braccio, chiaramente emozionata. «Ho appena sentito Bayla. Ha detto che lei e il dottor Daneth hanno completato una simulazione stamattina e tutti i soggetti del test l'hanno superata, sia umani che mezzosangue. Così tutti saranno liberi di immergersi nella luce. Lo annunceranno a livello planetario il prima possibile.»

«Sembra fantastico.» La mia voce uscì triste e imprecai sottovoce. «Non vedo l'ora di saperne di più su tutto.»

«Re Zander ha dichiarato il via libera per l'accoppiamento durante le luci zandiane. Tutti i legami saranno riconosciuti senza una previa petizione, anche i legami di coppie singole. Penso che sia un vantaggio per i guerrieri che non desiderano condividere con un altro maschio, e una spinta a convincere le femmine umane non accoppiate a scegliere uno o più compagni.» Amber mi guardò inarcando un sopracciglio. «Momenti emozionanti, Kianna.»

La nausea mi colpì lo stomaco. Sapevo che stava cercando di incoraggiarmi a fare il grande passo e ad accettare i compagni come aveva fatto lei, ma non riuscivo proprio ad emozionarmi.

«E se un essere si imbatte in una scelta sbagliata per la fretta?»

«In realtà, re Zander ha affrontato anche questo tema. Ha detto che i legami potrebbero essere rivalutati al prossimo appuntamento con le *Luci zandiane,* o che avrebbe accettato le petizioni per sciogliere i legami fatti in qualsiasi momento.»

Erano due gli zandiani che avevano manifestato il loro interesse. Archer e Bow, due forti guerrieri, che mi cercavano ogni volta che potevano. Mi avevano fatto sapere che volevano darmi i loro cristalli. Due bellissimi alieni che meritavano una compagna. E volevano me, la femmina umana che era rimasta qui più a lungo senza scegliere un compagno, quasi un intero ciclo solare.

Re Zander non mi aveva mai detto nemmeno una volta di mettermi in fila e scegliere qualcuno. Ma sapevo che era solo questione di tempo. Dopotutto, non era per questo che mi trovavo qui? Ed era più ovvio a ogni rotazione del pianeta che Mykl non era interessato.

«Forse incontrerai qualche essere anche tu, Mykl.» Amber gli rivolse un sorrisetto subdolo. Le piaceva prenderlo in giro tanto quanto a me.

«È improbabile.» Ruotò un bullone in posizione su un'unità vicina. «L'ultima cosa che voglio o di cui ho bisogno è una compagna umana. Utilizzerò semplicemente l'energia per rafforzare il mio impegno verso Zandia. Migliorare le mie capacità.»

Sembrava così disgustato dall'idea di una compagna umana che mi vennero le lacrime agli occhi. Perché mi interessava il solo zandiano che disprezzava gli umani?

Mi girai per ricompormi. Inspirai. Ricordai che ero fortunata a trovarmi qui su Zandia, a non essere più una schiava.

Un essere umano libero con amici, lavoro, cibo e salute. Se non riuscivo ad avere la perfezione con un compagno, beh, era comunque una vita molto migliore di quella che avrei potuto avere in qualsiasi altra parte della galassia.

«La cerimonia non riguarda solo i compagni.» Mi schiarii la gola. «Il solstizio di cristallo vuole essere un momento di incontro, per celebrare l'unica vera Stella Zandiana. Lavorare insieme in armonia con tutti gli altri esseri qui su Zandia. Quindi anche gli esseri che non sono accoppiati possono ancora celebrare la gioia della vita.»

«E come lo sai?» Mykl incrociò le braccia e mi fissò.

«Ho visto l'ologramma. E ogni essere lo sa. Adesso fa parte della formazione dei nuovi esseri umani» Deglutii. «Sai, come membri della società zandiana, la cerimonia del solstizio delle Luci zandiane è tanto per noi umani quanto per voi.»

Mykl emise un verso beffardo. «Trovo curioso che gli umani pensino di sapere così tanto sull'antica storia zandiana. Non la capirete mai veramente. Né ne farete parte.» Ma sembrava un po' triste e amareggiato, non irritato come al solito.

Non lo capivo davvero, ma dal suo tono percepii che non era il momento di insistere o stuzzicare. Quindi me ne rimasi dritta in piedi. «Dimmi su cosa devo lavorare, Mykl. Farò del mio meglio per capire i limiti delle banche energetiche in modo da poter iniziare in vantaggio.»

* * *

Mykl

«Come vanno i progressi sulle banche di energia cristallina?» Il mio amico e guerriero zandiano, Lanz, mi sorrise e lasciò cadere la borsa da viaggio ai suoi piedi. L'asfalto risplendeva alla luce del sole zandiano al tramonto, inviando raggi arancioni lungo la vasta pista di atterraggio.

Alzai una mano per impedire ai raggi di colpirmi gli occhi. «Bene. Sei appena tornato da una missione? Puzzi.» Gli diedi un pugno sulla spalla.

«Certo. Domm, Mirelle e io abbiamo appena salvato due nuove umane.» Alzò un sopracciglio. «Abbiamo quasi perso anche la nostra navicella.» Ma il suo sorriso arrogante mi diceva che era stata un'impresa fattibile. Come al solito.

«Non è credibile.» Sbuffai. «Voi tre siete come una forza impenetrabile.»

«Le dirò che l'hai detto.» Mi sorrise. «Penso che sia l'unica umana su questo pianeta che rispetti anche solo un po'.»

«Non è che non rispetto le altre.» Scossi la testa. «Riguarda più quello che rappresentano.»

«Ti dico io cosa rappresentano.» Domm si avvicinò di corsa e mise un braccio sporco sulla spalla di Lanz, come un fratello. «Il *kazo* di sesso più hot della galassia.» Sorrise. «E l'indiscussa felicità domestica.»

«Giusto. Voi tre vi siete quasi autodistrutti.» Avevo avuto la sfortuna di avere la loro compagna sotto il mio controllo mentre erano in missione. Era veloce e brillante, ma mancava della concentrazione e dell'intelligenza di Kianna. Era più una guerriera, quella lì.

«Ma ora stiamo meglio. Ciò che non ti uccide ti rende più forte. Dovresti fermarti e incontrare le nuove umane, una volta che si saranno ambientate. Dal momento che hai rifiutato ogni altro essere umano disponibile su questo pianeta.» Lanz controllò il braccialetto. Guardò verso la distesa di navicelle. Sapevo che stava cercando la compagna sua e di Domm, Mirelle, e per un secondo qualcosa mi si agitò nel petto.

Misi da parte la sensazione e scossi la testa. «Penso solo che dovremmo spingere di più per trovare più femmine zandiane.» Questa era sempre stata la mia tesi. Mantenere puro il nostro sangue. Ma anche mentre lo dicevo, l'idea sembrava piatta. Una compagna zandiana probabilmente avrebbe richiesto la condivisione tra maschi, come le femmine umane. C'erano troppi maschi zandiani non accoppiati. E non vedevo come avrei mai potuto condividere.

Non vivevo nemmeno con un altro essere in questo momento.

Come avrei potuto condividere il mio spazio con altri due o tre, o, le stelle non volessero, quattro?

«Dove, fratello?» Lanz mi diede un'occhiata. «Dammi le coordinate e saremo lì in un batter d'occhio.»

«Non lo so.» La frustrazione crebbe. «Ascolta. Sono grato che le femmine umane siano qui a breve termine per aiutarci a portare avanti il nostro DNA e la nostra eredità. Ma tra qualche rotazione planetaria non ne avremo più bisogno.» Alzai le spalle. «Si sta meglio senza di loro, con le loro emozioni irregolari e i comportamenti imprevedibili che hanno.»

L'immagine di Kianna si profilò nella mia mente: le sue continue provocazioni e le istigazioni. Il modo in cui mi guardava con finta innocenza, con quegli enormi occhi verdi. Il modo in cui i lunghi capelli neri sembravano setosi e morbidi sulle sue spalle. Dovevo costantemente proteggermi per non cadere nel suo fascino. La sua bellezza, la sensualità delle sue forme morbide, la cadenza musicale della voce: tutto era come un abisso che mi risucchiava, inghiottendomi completamente.

«Non c'è da meravigliarsi che tu sia ancora solo.» Domm si liberò da Lanz e mi diede un pugno più forte di quanto io avessi fatto con lui, e pensai che ci fosse un certo grado di vera rabbia nel gesto. «È ora che tu apra gli occhi e ti renda conto che la vita zandiana sta andando avanti. Ti suggerisco di venire con noi.» Alzò un sopracciglio. «Perché Mirelle non è solo adatta per essere la mia compagna e la madre dei miei piccoli, è perfetta. La sceglierei in qualsiasi rotazione del pianeta, anche se si presentassero mille femmine zandiane.»

«Giusto.» Lanz incrociò le braccia.

«Beh, lei è diversa» gli concessi. «È una brava combattente. Anche se è troppo emotiva.»

«Devi essere più emotivo anche tu.» Domm sorrise. «Ti farebbe bene.»

Si diceva che gli zandiani con spose umane diventassero emotivi quanto le loro compagne umane. Avrei preferito morire piuttosto che affrontare quel destino.

Ringhiai. «Andatevene. Vi state rammollendo.»

«Ci vediamo comunque più tardi per l'allenamento?» Lanz alzò entrambe le mani e ballò. «Stai diventando debole, vecchio. Spero che voi cittadini anziani possiate raccogliere ancora un po' di forza per combattere.»

«Vai a mettere un po' di lozione curativa nel punto in cui ti ho colpito» gli dissi. «E per quanto riguarda l'anziano, sì, posso avere qualche ciclo solare più di te. Ma sono anche più saggio di diversi cicli solari.»

Sbuffò anche se stava sorridendo. Seguendo il suo sguardo, vidi cosa aveva catturato la sua attenzione mentre la loro umana alzava la mano per salutare quando il gruppo intorno a lei iniziò a disperdersi. Lanz mi diede una pacca sulla spalla. «Beh, sono abbastanza saggio da sapere che la compagnia di Mirelle è molto migliore della tua...»

«Per non parlare di un compagno di allenamento molto più divertente» intervenne Domm.

Lui e Domm presero la loro attrezzatura e se ne andarono, scherzando e spingendosi a vicenda in una fratellanza amichevole che mi rese malinconico, per una frazione di secondo.

Poi scossi la testa. Come diavolo potevano due zandiani condividere una femmina senza arrabbiarsi e diventare gelosi? Non avrei mai potuto farlo.

Pensai a quando sarebbero tornati a casa con Mirelle e a cosa avrebbero fatto. Le sue grida forti, la sua pelle morbida...

Ma nel momento in cui immaginai la scena, lo zandiano che *scopava* ero io. E la morbida e bella umana sotto il mio duro corpo, a cui lampeggiavano gli occhi e che emetteva dolci gridolini che mi mandavano in frantumi, era Kianna. Quella che sollevava il culetto d'alabastro verso la mia mano era la stessa piccola femmina che mi infastidiva a ogni rotazione del pianeta qui in cantiere. Quella che non vedevo l'ora di prendere in braccio e punire e poi tormentare finché i suoi occhi non si fossero riempiti di stelle e le labbra non fossero state piene del mio nome, solo del mio nome, per sempre.

Mi diedi un colpo su una mano. Questi pensieri non servivano a nulla. Certo, Kianna era l'essere umano più carino del pianeta. E avevo notato il modo in cui mi guardava, con gli occhi pieni di calore e speranza. E sì, mi sarebbe piaciuto portarla nella mia cupola e farla mia. Per un ciclo solare o due.

Ma non volevo una compagna umana.

E anche se mi fossi tolto la soddisfazione per togliermela dalla mente, non potevo essere sicuro che lei avrebbe fatto lo stesso. Gli esseri umani, avevo imparato, si legavano completamente. Questa era l'ultima cosa di cui avevo bisogno.

Tornai alla mia postazione di lavoro e presi condensátori e resistori. Il mio re mi aveva dato un ordine e lo avrei eseguito. Avrei creato il perfetto sistema di accumulo di energia in modo da poter catturare l'energia luminosa del solstizio.

Tuttavia, mentre scrivevo rapidamente, elaborando equazioni riguardanti il flusso massimo e il trasferimento di calore, pensai al sorriso di Kianna.

CAPITOLO DUE

Kianna

«Che ne pensi di questo?» Di fronte a me, la mia amica Mirelle volteggiava, sollevando un abito sottilissimo che sembrava fatto di tela di ragno e aria.

«Penso che tu e i tuoi compagni non riuscirete nemmeno ad arrivare al festival dei cristalli.» Alzai le sopracciglia. «Rimarrai a casa per tutto il ciclo solare.»

Lei rise e arrossì. «Oh, smettila.» Rimise il vestito sul letto, lisciandolo con le dita e sistemando le maniche. «Sarà un cambiamento divertente indossare questo invece della mia tuta da volo.»

Entrambe guardammo dall'altra parte della stanza dove i suoi pantaloni neri e la sua maglietta aderente erano appesi su un attaccapanni, insieme a un casco e a stivali all'avanguardia.

«Sei davvero tosta. Non c'è da stupirsi che tutti ti amino. Non riesco a immaginare che tipo di coraggio serva per volare nel vuoto ad ogni ciclo, contando solo sulla tua intelligenza per evitare la morte ad ogni turno.» Tremai.

«Tutti amano anche te.» Si guardò il polso. «Kee. Guarda quanto velocemente sta guarendo! Vedi?»

Guardai la sottile cicatrice bianca. «Non te la sei fatta proprio ieri?» Le presi la mano e avvicinai il braccio; lei me lo permise. Fischiai. «Wow, è eccezionale.»

Annuì. «Sì. È la nuova tecnologia curativa del palazzo. In più, sai, ho un po' di sangue zandiano in me.»

«Da quando i tuoi compagni ti hanno fatto una trasfusione per salvarti la vita, vero?» Le lasciai andare il braccio. Era magro ma forte, muscoloso e teso. Era davvero un essere straordinario. Forse se fossi stata più come lei, più dura, più intelligente...Forse allora Mykl...

«Sì. Il dottor Daneth sta studiando per capire se possiamo fare qualcosa del genere per tutti gli esseri umani, ma lo studio è ancora alle fasi iniziali. È così che sono diventata un supereroe, al momento.» Raccolse il vestito e lo rimise a posto. Mi guardò. «Ma lo sei anche tu.»

«Credo che saresti un supereroe anche se avessi la sabbia nelle vene. Insomma, sei stata una combattente pirata fuorilegge fin dalla nascita.» Non riuscii a nascondere una nota di gelosia nella mia voce. «Mentre io non riesco nemmeno a guadagnarmi il rispetto del mio stupido maestro.»

«Mykl.» Venne a sedersi accanto a me.

«Sì. Mykl.» Anche solo pronunciare il suo nome mi provocò una piccola emozione, una piccola scarica di adrenalina nello stomaco.

«È una bella sfida.»

«E perché mai?» Strinsi gli occhi ed entrambi ridemmo.

«Penso...» Esitò. «Insomma, lo vedo che ti guarda, a volte.» Fece di nuovo una pausa. «È diverso dal modo in cui guarda me o Amber.»

«In che modo?» Ero ansiosa di sentirlo. Ansiosa di bere la sua opinione come se fosse l'acqua più pura e io stessi morendo di sete. «Come?»

«Beh.» Strinse le labbra. «A volte ti guarda a lungo, qualche secondo in più di quanto normalmente un essere ne guarda un altro. E i suoi occhi sono ferocissimi.»

«Potrebbe essere perché mi odia.»

«Non credo.» Scosse la testa. «È più il tipo di sguardo che significa che vuole mangiarti. Divorarti. Massacrarti, ma in senso buono.»

«Già» feci una smorfia. «A me sembra che sia più nel senso canonico.»

«È molto irritato con te. È come se ti sentisse sotto la sua pelle.»

«No, è solo sensibile alle prese in giro.»

«Ma soprattutto alle tue.» Alzò un sopracciglio. «E ti sta sempre molto vicino quando discutete. Più vicino di quanto non facciano in genere gli esseri. Penso che signifikhi qualcosa.»

«Significa che pensa che io sia difficile e ha bisogno di avvicinarsi molto per dirmi di tutto.» Avevo notato anche io tutte le cose che aveva detto. Era solo che non volevo dare per scontato nulla per poi farmi spezzare il cuore.

«Penso che gli piacerebbe dirti tutto del suo enorme cazzo zandiano.» Tirò fuori la lingua.

Mi sfuggì un gridolino. «Madre Terra, no! Non è vero.»

«Io ci scommetto.»

«No.» Mi alzai. «Allora cosa sta facendo il gruppo umano per prepararsi al festival?»

«Il comitato per le decorazioni ha chiesto se vuoi aiutare.» Si spostò nell'area di conservazione del cibo. «Vuoi delle bacche?»

«Magari.» La raggiunsi al tavolo, dove dispose anche i tubi dei liquidi. «Potrebbe essere divertente.»

«L'intera città sarà trasformata in un paradiso di cristallo.» Lo disse con una punta di rispetto nel tono. «Ci saranno lanterne e cristalli ovunque. L'intera capitale brillerà di luce e amore.»

«Ci saranno anche i nastri?»

«Sì, fatti di seta di ragno.» Lasciò le bacche, afferrò il dispositivo di comunicazione e visualizzò alcune immagini. «Guarda questi rendering che ho ricevuto da Esalyn. Ecco come appariranno le strade principali.»

«Oh, Madre Terra» dissi a voce bassa. «È come... non ho mai visto niente di simile.»

La donna aveva abilmente disegnato una replica perfetta della piazza principale, e il modo in cui era decorata con cristalli, tessuti fluenti e lanterne scintillanti fece cantare qualcosa nella mia anima.

«Non è ancora nemmeno arrivato il festival e sono già felice.»

«Ecco perché è così potente.» Mirelle mi prese la mano attraverso il tavolo. «L'energia nell'aria è sempre più alta man mano che il sole si avvicina al picco. Il solstizio stesso ne è solo il punto massimo. E ogni essere, non solo gli zandiani, può sentirne l'energia.»

Mi colpì una fitta di disagio. «Ma tutta l'enfasi sulla selezione dell'accoppiamento.» Allontanai la mano dalla sua. «Questa volta è una parte importante.»

«Beh.» Non incrociò il mio sguardo. Si avventò sui frutti di bosco, disponendoli su un piatto con una specie di crema. «Non è obbligatorio, Kee. Ma sì, il re vuole che tutti gli esseri non accoppiati del pianeta facciano un vero sforzo per scegliere. Se possono. Lo sai che non forza mai nessuno.»

Annuii. «Sono stata qui per un intero ciclo solare e non sono ancora accoppiata.» E mi sentivo super in colpa per questo.

Mirelle mi porse le bacche. «Quindi so che hai un debole per Mykl. Ma se non funziona... voglio dire, che ne dici di quei due guerrieri a cui piaci? Arc e Bow? Sono belli. Non credi?»

Alzai le spalle. In verità, gli alti e feroci zandiani erano, oggettivamente parlando, alcuni dei maschi più attraenti del pianeta. Sapevo di essere fortunata che esseri così belli, forti e di successo mi volessero. Ma era difficile trovare entusiasmo all'idea di accoppiarmi con loro. Non riuscivo a immaginare di stare con uno, figuriamoci con entrambi.

«E se passassi un po' di tempo con loro? Solo per vedere?»

«Potrei.» La mia voce aveva poco entusiasmo. «Voglio dire, è un ordine del re o qualcosa del genere?»

«Prima di tutto, non sono la sua messaggera. Ha altri esseri per questo. Secondo, non abbiamo appena parlato del fatto che non costringe le persone ad accoppiarsi?» Mirelle alzò gli occhi al cielo.

«Penso solo che mi sto trattenendo troppo qui se non mi accoppio. Insomma, ogni altra donna umana trova subito qualcuno. Io sto impiegando troppo tempo.»

Mirelle mi guardò con espressione comprensiva. «Spero che le cose funzionino con Mykl. Ed è divertente parlare di lui. Ma se semplicemente non dovesse funzionare, devi andare avanti. Scegli qualcun altro. È meglio anche per te.»

Mi assalì la rabbia. «Sì, davvero? Grazie per la notizia flash.»

Sospirai dopo aver visto l'espressione addolorata nei suoi occhi. «Mi dispiace. Non volevo. Sono solo nervosa. Ti prego, perdonami.»

«Ti perdono.» Sorrise. «Semplicemente... trascorri del tempo di qualità con loro. Va bene? Organizzerò qualcosa con i miei compagni. Un incontro per tutti noi. Nessuna pressione. Che dici?» Passò un attimo. «Voglio solo vederti felice. Sai, così tante coppie o terzetti qui su Zandia hanno finito per amare esseri che inizialmente non gli piacevano nemmeno. A volte, quando ci passi del tempo, quella scintilla esce fuori. Concediti una possibilità, solo per vedere.»

«Va bene. Organizza.» Deglutii. «Parlerò ancora con loro e vedrò come va. Ma non prometto niente.»

Mi mostrò un sorriso ampio ed entusiasta. «Grande! Sarà divertente. Vedrai.»

* * *

KIANNA

NON MI STAVO DIVERTENDO.

«Sei adorabile.» Arc abbassò brevemente la testa e un barlume di calore divampò nei suoi occhi, rendendoli più viola.

«Grazie.» Sentii le guance accaldarsi. Entrambi, Arc e Bow, stavano di fronte a me, massicci e forti.

Bow sorrise. «Siamo onorati di accompagnarti alla cerimonia di osservazione dei cristalli.» Mi offrì il suo braccio. Come lo presi, Arc si precipitò a prendere l'altro.

Non avrebbe dovuto essere difficile avere al mio fianco due dei maschi più belli e idonei di Zandia, ma invece di concentrarmi su questi due esseri, mi guardavo intorno con discrezione nella zona delle grotte e delle caverne di Royal Falls, controllando per vedere chi fosse presente. E chi no.

«Questo è uno dei luoghi più belli e sacri di Zandia, lo stesso luogo che sarà l'epicentro del prossimo solstizio.» Bow si comportava come una guida turistica e soffocai la mia irritazione perché conoscevo già questi fatti.

«Sì, lo so.» Gli sorrisi.

Arc continuò come se non avessi parlato, prendendo il posto del suo amico senza problemi. «Durante questa rotazione solare, il sole colpirà il limite estremo della massiccia formazione cristallina all'apertura superiore della grotta più grande, inviando un picco di luce giù nelle grotte, illuminando antiche incisioni sul muro.»

«Così pare.» Mi morsi la guancia. Mi guardai intorno ancora una volta. Arc aveva una mascella cesellata e braccia fortemente muscolose, ma Madre Terra era un po'... noioso.

Le cose di cui parlava però mi affascinavano. Nel giro di pochi altri cicli solari, il sole avrebbe colpito frontalmente la formazione cristallina e la luce risultante si sarebbe diffranta e diffusa lungo la griglia cristallina attraverso le caverne e in tutta Zandia.

Non ne capivo la fisica, e non ero sicura che anche i nostri scienziati lo capissero. Tutto quello che sapevamo era che questa cosa accadeva una volta durante il ciclo solare; quando il sole colpiva il cristallo principale, l'intero pianeta era immerso in una luce curativa e potenziante. E questo era il millesimo anniversario; la luce sarebbe stata molto forte in questo solstizio.

«Kianna. Prendiamo un posto davanti.» Mirelle si avvicinò, seguita dai suoi due compagni. Mi abbracciò velocemente.

Sollevata nel vederla, la strinsi forte. «Siamo venuti in anticipo per questo, no?» Sorrisi nel vedere come i suoi due potenti guerrieri le avessero permesso di aprire la strada. Quando vidi l'espressione sui loro volti, di infatuazione folle, alzai gli occhi al cielo e sorrisi. Poi mi morsi il labbro. Mi guardai ancora intorno.

«Stai cercando qualcuno?» Arc alzò un sopracciglio. «Posso convocare chiunque desideri.» Si toccò il braccialetto.

«No. Grazie. Sto solo guardando la folla.»

«Ci sono così tanti esseri qui. È fantastico.» Arc mi mise un braccio intorno alle spalle, con leggerezza, ma il tocco, deliberato, mi rese ansiosa.

Sentii gli occhi puntati su di me e mi girai, sperando che fosse... «Oh, ehi, Cressa.» Arricciai il naso.

Non la conoscevo bene, ma Cressa era una recente aggiunta a Zandia. Aveva qualche anno meno di me e lavorava nel settore medico con il dottor Daneth e la sua compagna, studiando per diventare medico.

«Oh. Kianna. La sua voce era piatta, come la mia. Notai che era vestita come se fosse pronta per un'incoronazione: l'abito le stava perfettamente ed era persino più elegante di quello di Mirelle. Era così carina: la sua pelle era impeccabile, gli occhi così grandi e chiari che sembravano irreali. I capelli erano un tumulto di riccioli, tutti biondi, rossi e castani mescolati insieme. Una combinazione rara.

Guardò Arc e Bow ai miei fianchi e il suo viso si irrigidì. «Arc. Bow.» Annuì.

Quando non si allontanò, mi resi conto che avrei dovuto conversare. «Quindi, Cressa. Come vanno le cose nel mondo medico?»

«Bene.» Mi guardò sbattendo le palpebre.

«Uhm, è fantastico.» Guardai di lato in cerca di Mirelle, ma era scappata via per chiacchierare con qualcun altro. Sentii la sua risata leggera fluttuare.

«Quindi...» battei il piede.

«Che cosa stai facendo, ah, in questi cicli solari?» deglutì.

Perché si prendeva la briga di chiacchierare? Questo era decisamente imbarazzante. «Sì, delle cose. Le banche con protezione solare, cose del genere.» Annuii più del necessario.

Quando non rispose, cominciai a dire: «Beh, penso che andremo a...» proprio mentre lei si girava verso Arc e diceva con un sorriso: «Allora Arc! Ho sentito che diventerai tenente il mese prossimo. Volevo solo augurarti buona fortuna.»

«Grazie, Cressa.» Arc mi tolse il braccio dalla spalla e fece un passo avanti. Era così gentile. Avrei dovuto davvero provare ad apprezzarlo di più. «Sono la recluta più giovane di sempre, ma sto lavorando duro e sono fiducioso di potercela fare.»

«Beh, il modo in cui hai gestito il raid a Xeres 7 è stato impressionante. Se esaminassero quella documentazione, direi che sarebbe una cosa sicura.» Sobbalzò un po' e si lasciò sfuggire un bel sorriso.

Cercai di non fare una smorfia. Le battaglie non erano assolutamente una cosa per me. Non sapevo nemmeno che Arc fosse in corsa per la promozione, non che avessimo passato molto tempo a parlare.

«Hai saputo di quella battaglia?» Anche Bow avanzò verso Cressa.

«Oh, beh, sì.» Arrossì. «Certo. Lo trovo affascinante. E comunque, è importante conoscere la storia delle battaglie poiché mi sto concentrando su nuove tecniche per gestire le ferite di guerra.»

Sentii di nuovo gli occhi puntati su di me, e questa volta sapevo che si trattava di Mykl. Mi girai, ed eccolo lì. Mi guardava con gli occhi socchiusi, come se fosse dispiaciuto di vedermi con Arc e Bow. Possibile che fosse geloso?

In prima battuta pensai di essere felice nel caso lo fosse stato. Poi ne fui terrorizzata. Gli piacevo a malapena già così. Non era il tipo di zandiano che si sarebbe messo a darmi la caccia se le cose fossero state ancora *più difficili*.

Arc e Bow erano ancora impegnati in una conversazione educata con Cressa. «Scusatemi solo un attimo» mormorai, toccando il braccio di Bow. «Torno subito, voglio solo parlare con un, ehm, amico. Un essere. Qualcuno.» Mi infilai tra i loro corpi forti.

Ma Mykl era scomparso. Mi guardai intorno freneticamente, cercando di localizzarlo, ma, a causa della folla crescente, non riuscii a vedere dove fosse andato.

«*Kazo*» imprecai. Come le mie amiche umane, avevo adottato alcune delle parole zandiane nell'ocreziano che parlavamo tutti.

Poi mi sembrò di intravedere il suo mantello a sinistra, lontano dalla massa, dietro un albero. Mi avvicinai ed eccolo lì, in un luogo semi-appartato. Strano trovare privacy nel mezzo di un simile incontro.

«Mykl.» Stavo ansimando un po'. «Ciao.»

Mi guardò accigliato. «Dove sono i tuoi giovani guerrieri?»

Era geloso? La speranza, una cosa pericolosa, mi aleggiò nel petto. «Li ho lasciati quando ti ho visto.»

L'espressione dura sul suo volto si addolcì momentaneamente.

«È bello vederti qui.»

«Certo.» Aveva già rialzato le barriere. Mi guardò con circospezione, come se il mio corpo fosse un'arma che sarebbe potuta esplodere da un momento all'altro e farlo prigioniero.

«Sei qui con qualcuno?» Mi guardai intorno, ma ero abbastanza sicura che fosse solo. Come al solito.

«Direi che siamo qui con mille altri esseri. Sicuramente hai gli occhi anche tu. Pensavo che persino gli esseri umani potessero cimentarsi con una stima ragionevole della folla.»

Ero abituata alle sue risposte pungenti, quindi ignorai la frecciatina. «Gli esseri umani possono cimentarsi in molte cose.» Le parole mi uscirono con un tono velatamente sensuale e qualcosa divampò nei suoi occhi.

Un muscolo della sua guancia si contrasse e mi guardò dall'alto in basso. Indossavo dei pantaloni attillati che mettevano in mostra le gambe e il culo, che, non per vantarmi, era piuttosto carino. E un fluente top zandiano che era sottilissimo e leggero e si attaccava al mio seno e si curvava quando soffiava la brezza. «Stai molto bene.» Notai che indossava un abito tradizionale zandiano composto da tunica e pantaloni bianchi.

«E tu sei praticamente nuda.» Alle sue parole sembrammo entrambi sorpresi. «Spero che tu non abbia intenzione di conciarti così al lavoro.» Unì le mani davanti. Forse per coprire il suo interesse?

Mi avvicinai di soppiatto, osservando un muscolo che si contraeva nella sua guancia.

Si comportava come se fosse disinteressato. Pensavo che stesse protestando troppo. «Sono d'accordo. Dovrei indossare meno abiti, perché se ho le braccia libere posso lavorare in modo più efficace. Magari un costume da bagno?»

«Non è quello che intendevo.» In qualche modo ci trovammo vicini. Molto vicini. Sentivo il suo respiro caldo sulla guancia e il mio battito andava al doppio della velocità.

«Oh, beh, forse dovrei procurarmi un costume come quello che indossano le donne su Ralia. Un mantello che copriva tutto il corpo con delle fessure solo per gli occhi.

«Funzionerebbe meglio se mascherasse le tue risposte sboccate» disse.

«Penso che la mia bocca ti piaccia.» Lo sussurrai soltanto, ma lui sentì.

Posò lo sguardo sulle mie labbra per un attimo, poi lo distolse di scatto. Strinse la mascella. «Sei vittima di un grave malinteso.»

Sembrava freddo, ma oh, quello sguardo nei suoi occhi... avrebbe potuto provocare un incendio.

«Allora illuminami. Perché altrimenti dovrò aspettare diversi lunghi cicli solari per avere l'illuminazione.» Indicai le caverne di cristallo. «E non è meglio prima che dopo?»

«Ah, Kianna» ringhiò e si chinò. Eravamo così vicini che ormai era premuto contro di me. Avrei potuto dire che era a causa della folla in aumento, che ci spingeva da tutte le parti. Avrei potuto sostenere che eravamo stati bloccati insieme dalle correnti ondulate nella massa ribollente della vita. Ma eravamo ancora soli in questa piccola grotta. La verità era che mi trovavo qui perché non c'era nessun altro posto in cui avrei preferito essere. E potevo giurare, dallo sguardo nei suoi occhi, che si sentiva esattamente allo stesso modo.

Si sentì un coro di sospiri di apprezzamento mentre il sole colpiva il bordo del cristallo. La luce era così brillante: era facile immaginare che la prossima volta che il sole avesse colpito questo cristallo, avrebbe illuminato l'intero pianeta.

E mentre i raggi si estendevano su tutti noi, non potei resistere. Mi alzai in punta di piedi e premetti le labbra sulle sue per un secondo.

«*Kazo*, Kianna,» mormorò contro la mia bocca. «Cosa fai?» Poi prese le mie labbra con le sue, baciandomi come se la sua vita dipendesse da questo.

Ero presa dal momento. Non mi ero mai sentita così in tutta la mia vita. Non avevo mai baciato un essere prima, ma era come se sapessi cosa fare. Il corpo e le mani di Mykl si intrecciarono con le mie senza sforzo. Mi avvolse un braccio intorno alla vita e l'altro dietro il collo, attirandomi a sé. I suoi fianchi premettero contro di me e il cazzo mi colpì la pancia, così forte che trattenni il respiro e gemetti, un piccolo verso sospirato.

Ringhiò e mi mordicchiò il labbro, poi mi infilò la lingua in bocca, giocando con me. Ero pronta a svenirgli addosso, ma le sue braccia forti mi sostennero.

Ero piena di formicolii. Di elettricità. La luce era come la carezza di un amante, mi sfiorava i capelli, le guance, le palpebre. E poi c'era Mykl, con il suo abbraccio, e tra le due sensazioni riuscii a malapena a gestire la stimolazione. Un bisogno crescente nel mio profondo mi portava a spingermi più forte contro di lui, cercando di alleviare il desiderio.

Accanto a me sentii qualcuno mormorare. Qualcosa tipo:

«Hai visto?» L'intonazione rese chiaro che stavano parlando di me e Mykl, e non del lampo di cristallo.

Fanculo. Altri esseri erano entrati nella grotta.

Mykl si allontanò da me. Per un secondo respirammo entrambi, più forte del solito, prima che lui distogliesse lo sguardo. «Kianna... è stato un errore. Sono il tuo maestro, non il tuo compagno. Non accadrà mai più.» Si passò una mano sulla bocca.

«Ma io...» stavo ancora ansimando, ancora ipnotizzata dal suo aroma, dalla sua sensazione.

Mi prese le braccia e mi tenne ferma mentre faceva un passo indietro. Non avevo mai visto le sue antenne così spesse, così inclinate in avanti, come se stessero cercando di raggiungermi. «È stata una... aberrazione.»

«Un'aberrazione?»

«Se non sai cosa significa, ti consiglio di consultare un dizionario. Pensavo che voi umani aveste una maggiore capacità di assorbire la conoscenza.»

Eccola. La familiare risposta tagliente. Incrociò le braccia, apparendo estremamente a disagio. «E non sono sicuro che i tuoi aspiranti compagni apprezzerebbero il fatto che tu stia baciando un altro zandiano. Non è onorevole.» Sputò fuori le parole, come se il mio disonore fosse la prova che non ero degna.

Oh, fanculo.

«Questo non è giusto.» Alzai la voce. «Hai ricambiato il bacio. Ti è piaciuto.»

«Può darsi, ma non può succedere di nuovo. Vai a cercare i tuoi giovani guerrieri, Kianna.» Abbassò le sopracciglia ancora più del solito.

«E se non li volessi?» mormorai.

Ancora una volta, fui sicura di vedere qualcosa che titubava nella sua espressione. Era sollievo?

Per un lungo momento ci fissammo. Allargò le narici, un

muscolo gli sussultò nella mascella. Ma poi affondò il coltello più in profondità e lo girò. «Trova qualcun'altro. Ma non sarò io, Kianna. Non posso essere io.» All'improvviso sembrò stanco.

Trattenni il respiro. Una cosa era saperlo. Altro era ascoltarlo.

«Perché? Pensi che non sia abbastanza?» Stavo girando il dito nella piaga. Ma dovevo chiederglielo.

Il rimorso guizzò nel suo sguardo, poi lo distolse. «Se mai mi accoppierò con qualcuna, sarà una zandiana purosangue.» Lo disse a bassa voce. «E nessun'altra.»

Scossi la testa. «Sei un tale stronzo.»

Mi scrutò. «Non tentarmi di nuovo. E non vestirti mai così al lavoro. Devi comportarti in modo professionale.»

Comportarmi? Vai a fare in culo, maestro.

Si voltò e se ne andò, facendosi largo facilmente tra la folla, lasciandomi lì, circondata da centinaia di esseri felici e completamente sola.

Mi vennero le lacrime agli occhi e le asciugai. Maledizione.

Alcuni esseri mi guardavano, curiosi. Ci avevano visti, ovviamente.

Oh, Madre Terra. Cosa avrebbero pensato Arc e Bow, se lo avessero scoperto? Avrebbero pensato che ero una specie di troia umana e forse non mi avrebbero più voluta. Avrebbero iniziato a corteggiare un'altra umana.

So che la cosa avrebbe dovuto preoccuparmi, invece mi provocò una vertiginosa sensazione di leggerezza nel petto.

Poi il senso di colpa tornò a farsi sentire. Mi guardai intorno, verso questi esseri incredibili. Forti guerrieri di colore viola, alti e muscolosi, con le antenne. Occhi scintillanti di orgoglio. E le umane più piccole e morbide, le risate e le esclamazioni erano come una colla che ci legava tutti insieme. Vidi i minuscoli mezzosangue; alcuni camminavano con i genitori, altri erano in braccio: splendide combinazioni delle due specie.

Vedevo il futuro. Un futuro al quale, finora, non avevo aderito del tutto.

Feci un respiro profondo. Quando vidi Arc e Bow avvicinarsi, con Cressa accanto a loro, che chiacchieravano fitto, come se le sue parole avessero potuto alimentare un aereo da caccia, mi alzai in piedi.

Dovevo almeno provarci, lo dovevo a Zandia.

Quindi quando vennero da me e mi offrirono le loro mani, le presi. Forzai un sorriso che sembrava falso come quello incollato sulle labbra di Cressa. Non sapevo perché non le piacevo, e in questo momento non mi interessava. Avevo problemi più grandi.

«La luce è bellissima.» Questo era vero.

«Assolutamente.» Arc mi strinse le dita. Lui e Bow si scambiarono uno sguardo significativo. Ero incuriosita da come riuscivano a comunicare senza parole, anche se la cosa mi metteva anche a disagio. Non condividevo la loro comunicazione speciale e mi sentivo come una bambina esclusa dal gioco.

Cressa guardò a terra. Le sue chiacchiere frizzanti erano sparite. Notai che l'orlo sottile del suo grazioso vestito sottile era strappato, come se alcuni esseri lo avessero calpestato nell'esuberanza di guardare i cristalli. Sembrava così disperata che per un secondo avrei voluto abbracciarla, dirle che qualunque cosa fosse, sarebbe andato tutto bene.

Tirò su col naso e poi alzò lo sguardo. Sorrisi. «Beh, credo che... andrò. Lascio voi, ah, tre, in pace.» Alzò il mento. «Ci vediamo più tardi, penso, Kianna.»

«Certo, va bene, Cressa. Ci vediamo in giro.»

Non vedevo l'ora che se ne andasse, e allo stesso tempo temevo anche il vuoto che avrebbe lasciato. Se non era qui a riempire lo spazio con Arc e Bow con il suo flusso infinito di parole, avrei dovuto parlare con loro.

Cosa gli avrei detto?

Dall'altra parte del grande campo, lo percepivo. Mykl. Sapevo che sembrava una follia, ma quel bacio... era come se avesse solo rafforzato un legame tra noi, anche se mi aveva allontanata. Guardai oltre e lui non distolse lo sguardo. L'istante si dilatò e i suoni tacquero; tutto quello che sentivo era la potenza del suo sguardo.

Ma alla fine lo distolse, si voltò e scomparve dalla vista.

Mi sgonfiai.

L'espressione di Arc era curiosa. «Tutto bene?»

Inspirai. «Tutto bene. Sono solo colpita dall'energia che si percepisce qui.» Non era una bugia. Ma si trattava dell'energia di Mykl, non solo dell'energia dei cristalli.

«Anche noi.» Bow parlò per entrambi. «Riteniamo che questo sia il momento perfetto per parlarti del futuro.»

La folla non si stava disperdendo. Anche se il picco di luce era finito, sembrava che tutti volessero indugiare qui, nell'epicentro dell'evento, parlando dello spettacolo di luci ancora più grande che si sarebbe verificato.

«Possiamo andare in un posto più privato?» Arc mi prese la mano. «È rumoroso qui. A meno che tu non voglia restare ad apprezzare la luce ancora per un po'?»

«Ovviamente.» Forzai un sorriso. Era davvero molto premuroso. «Possiamo andare da qualche altra parte.»

Lontano da Mykl.

«Abbiamo qualcosa che vogliamo mostrarti.» Arc sembrava eccitato. «È qualcosa...»

«Che abbiamo creato di recente mentre parlavamo del futuro. Emozionante.» Bow terminò la sua frase.

Alzai un sopracciglio, quasi inorridita. Si masticavano anche il cibo reciprocamente e si tenevano i membri a vicenda mentre urinavano?

Sbuffai, avrei voluto condividere questa battuta orribile e inappropriata con qualcuno. Mirelle... forse. Certo, aveva due compagni. Ma avrebbe capito che non stavo dicendo che avere due compagni fosse strano per tutti. Solo per me. Probabilmente anche Mykl avrebbe sbuffato, mi avrebbe rimproverata, ma avrebbe riso. Gli piacevano i miei commenti scortesi, ne ero abbastanza sicura. Ero convinta che avesse iniziato ad apprezzare l'umorismo, perché lo prendevo in giro spessissimo: il suo carattere era più leggero rispetto a quando l'avevo incontrato per la prima volta.

Invece annuii. «Mi piacciono le cose eccitanti.»

Non avrebbe potuto suonare più stupido, ma entrambi annuirono e mi condussero al loro velivolo privato.

Ebbi questa orribile visione del futuro. Noi tre seduti attorno a una cupola, annuendo a vicenda, mentre loro due si tenevano per mano.

Incrociai le braccia e guardai il paesaggio sfumare davanti a me. Edifici cittadini, alti e robusti, di metallo e vetro lucenti, anche se tra di essi persistevano ancora qua e là alcune macerie, residui della devastazione lasciata dai finn. Patchwork di splendidi alberi e paesaggi. Soprattutto, la nuova luce, tinta di rosa a quell'ora, conferiva a tutto una bellezza maggiore. Toccava ogni pietra rotta e ogni filo d'erba con un bacio e una promessa.

Non riuscivo a smettere di pensare al bacio con Mykl, e poi alle sue parole dure. Perché nutriva un tale rancore nei confronti degli umani? O era solo nei miei confronti?

Sospirai.

«Cosa c'è che non va?»

Arc era percettivo. Oppure semplicemente normale. Probabilmente mi stavo comportando come se il mio intero mondo stesse cadendo a pezzi.

«Sto solo pensando al futuro.»

«Noi ci pensiamo continuamente» disse Bow mentre Arc

sorrideva. «E al fatto che ti abbiamo chiesto di condividerlo con noi.» Un muscolo della sua guancia si contrasse. Era nervoso?

«Vogliamo mostrarti la nostra casa. È nuova.»

Il velivolo si fermò, con una manovra ferma e uniforme, davanti a un nuovo edificio. L'acciaio curvo formava un tetto a cupola a nido d'ape e c'era tantissimo vetro.

«Oh, è adorabile.» Nonostante il mio disordine interiore, questo posto era meraviglioso. «Guarda quanta luce entra! È come vivere al sole. Ma non troppo caldo o qualcosa del genere.»

Era perfettamente organizzata e la vista della città e dei contorni delle montagne sfumate di viola in lontananza era fenomenale. «Oh. L'avete costruita voi?»

«Con un po' aiuto. Nient'altro che il meglio per la nostra famiglia.». Arc mi prese la mano. «Ci piacerebbe stare qui al sole dopo averti dato i nostri cristalli. Parliamo del nostro futuro.»

Mi morsi il labbro.

«Perché» aggiunse Bow, «ti abbiamo fatto una promessa. Un'offerta. E gli zandiani non si rimangiano mai la parola data.»

«È disonorevole» concordò Arc. «Una volta che diciamo qualcosa, lo portiamo a termine.»

Annuii. «Ovviamente.» Onore zandiano.

Le spalle di Arc sembravano tese. Era preoccupato che mi sarei tirata indietro? Insomma, non gli avevo mai detto di sì. Solo che... non avevo mai detto neanche di no. E questo per loro era stato come un sì, ora me ne rendevo conto.

Bow distolse lo sguardo e strinse il pugno, poi si girò verso di me, con un sorriso che mi sembrò un po' forzato. «Allora, Kianna, cosa ne pensi?»

«Penso che una famiglia potrebbe essere molto felice qui.»

Arc fece un respiro profondo. Esitò un secondo prima di prendermi la mano. «Posso baciarti?»

Stelle, era imbarazzante. «Ehm, sì. Certo.» Mi schiarii la gola. Cercai di evocare la minima eccitazione per la prospettiva.

«Bene. Allora lo farò.»

«Va bene.» Annuii.

«Va bene.» Annuì lui.

Cavolo, di nuovo l'annuire.

Anche lui si schiarì la voce.

Chiusi gli occhi e aspettai, con i muscoli dello stomaco e le dita dei piedi serrati forte. Come se stessi andando in battaglia.

Quando le sue labbra toccarono le mie, squittii. Tesi la schiena così forte che iniziò a farmi male.

Poi mi rilassai al suo tocco.

«Va tutto bene», mormorò. Mi baciò il collo, la mascella.

Nonostante la mia confusione, il mio corpo iniziò a reagire. Sospirai e allentai la tensione nelle mie membra. Titubante, allungai la mano e misi le dita sulle sue braccia forti.

«Toccami» sussurrò, la sua voce ora era più ruvida.

Lo strinsi: i suoi muscoli erano come roccia. Come ferro. Era carino.

Lanciai un altro gridolino di nuovo quando Bow arrivò dietro di me e mi abbracciò, poi mi addolcii. Mi permisi di rilassarmi contro di lui.

«Sì, così» mormorò.

«Lascia che ci prendiamo cura di te.» La voce di Arc era identica. Come se fossero gemelli.

«Mmm.» Finché riuscivo a tenere gli occhi chiusi, la situazione era... carina. Erano forti e sexy, dopo tutto, e il modo in cui Arc mi mordicchiava il collo, faceva scorrere deliziosi piccoli picchi di passione attraverso il mio corpo.

Sì, avrei potuto farlo.

Mi appoggiai a Bow per un secondo, avvertendo la sua eccitazione. Sapere che a questi due potenti guerrieri piacevo, che mi volevano, era una sensazione inebriante. Appoggiai la testa sulla dura spalla di Bow, inalando il suo profumo, e quando Arc si avvicinò di più, così da trovarmi bloccata tra i loro due corpi, non feci resistenza. Restituii il bacio ad Arc quando abbassò la testa e appoggiò le sue labbra sulle mie.

Ma quando le braccia di Bow serpeggiarono e trovarono il mio seno, mi bloccai.

Naturalmente anche loro due si fermarono, pensierosi. Per un secondo, noi tre rimanemmo bloccati sul posto come una strana statua.

Sbuffai un po' e poi li spinsi via, fu solo una contrazione dei fianchi, ma mi lasciarono andare. Subito.

«Forse ci stiamo muovendo un po' velocemente.» Mi asciugai la bocca e il gesto mi fece pensare a Mykl, nella grotta. Poi, con mio orrore, scoppiai in lacrime. Singhiozzi, davvero, di quelli strazianti.

«Kianna!» La voce di Arc era sorpresa. Attenta.

Si allungò verso di me, poi lasciò cadere la mano quando sussultai.

Mi asciugai il fiume di lacrime. Iniziai a ridere allo stesso tempo. «Mi dispiace. Sono... semplicemente sopraffatta. Sapete, le emozioni umane.» Feci una pausa. «Probabilmente dovrei andare.»

«Certo.» I due si scambiarono un'altra occhiata, inclinarono la testa.

Kazo, il loro linguaggio segreto.

Mi sentivo sola come quando Mykl mi aveva abbandonata, e desideravo ardentemente tornare nel mio dormitorio. Avevo bisogno di capire le cose.

«Lascia che ti mostriamo solo...»

«I cristalli che abbiamo scelto.»

Mi si strinse lo stomaco. Tirarono fuori una scatola prima che io potessi dire di no. Quando la aprirono, rimasi senza fiato davanti ai graziosi pezzi di perfezione che brillavano all'interno. Piccole, splendide sfere che, se avessi detto loro di sì, avrebbero decorato il mio seno. Le orecchie. La pancia.

Mi misi una mano sullo stomaco e feci un passo indietro.

Non sapevo perché volevo vomitare.

«Sono adorabili» concordai.

«Li abbiamo scelti per te.»

Non sapevo chi dei due avesse parlato, sapevo solo che dovevo andarmene. Subito. «Mi piacerebbe rivederli, ma più tardi. Mi sento male.»

«Ti riporteremo al tuo dormitorio. E in futuro, quando starai meglio, discuteremo i dettagli.»

«Ovviamente.» Parlai automaticamente.

Si comportarono meccanicamente mentre mi riportarono nel velivolo, e nessuno di noi parlò mentre attraversavamo la città fino al dormitorio che gli zandiani avevano allestito per le umane non accoppiate. Nessun essere umano poteva vivere da solo senza uno sponsor che gli garantisse una corretta integrazione nella società. Era umile, ma venti volte più bello di quello che avevo da schiava a Ocrezia, quindi lo adoravo. La nostra madre del dormitorio, Octavia, era una dolce vecchia donna zandiana che si era trovata fuori dal pianeta durante l'invasione dei finn.

«Arrivederci.»

Non vedevo l'ora di allontanarmi, e mi lanciai fuori abbastanza velocemente da evitare qualsiasi bacio di addio, e corsi dentro prima che potessero anche solo parlare di accompagnarmi.

Chiusi la porta della mia stanza dietro di me, sollevata di non aver incontrato Octavia o qualche amica lungo la strada, mi lanciai sulla piattaforma del sonno e mi avvolsi in una coperta finemente tessuta. Mi aspettavo di piangere, ma le lacrime non arrivarono. Invece, svuotai la mente, ricordando ancora una volta quanto fossi fortunata a essere qui su questo pianeta, in questa situazione.

Il ricordo mi tornò di nuovo.

Ero in un campo, con qualcuno che era alto, molto più alto di me. Arrivavo a malapena alla sua vita. Il mio braccio era teso verso l'alto e la sua mano mi teneva al sicuro. Intorno a noi si muoveva l'erba, alta, gialla e secca, e il suono, uno scorrere glorioso, come quello dell'acqua, scorreva intorno a me e attraverso di me. Il campo si estendeva in ogni direzione, e l'erba era alta quasi quanto la mia testa, e mi sentivo infinita. Ero così sicura, potente e protetta.

Feci un respiro profondo e ricaddi nello schema di respirazione che avevo sviluppato proprio per aiutarmi a perseguire questo ricordo. Svuotai la mente, poi mi concentrai sulla luminosa stella zandiana, lasciando che mi riempisse di luce. Respirai a lungo, osservando la stella, semplicemente esistendo. Poi, quando fui pronta, permisi che la memoria ritornasse e inviai la luce della stella zandiana per illuminarla, delineando i bordi in modo che io potessi ricordare.

Era come un'immagine nella mia mente, un ologramma. Così vivida che ero lì, a sentire l'odore dell'aria, a sentire il vento. La mano della donna. La memoria avanzava, lasciandomi vedere pezzi che prima erano nascosti.

«Corri» mi disse. Non conoscevo più la lingua in cui parlava, ma sapevo cosa stava dicendo.

«Corri più veloce che puoi. Senti l'aria. Senti il mondo. Fanno parte di te.»

Disse il mio nome, e non era il nome che avevo adesso.

E le obbedii. Corsi, lo fece anche lei, e ridevamo e ridevamo, correndo con il vento, mentre l'erba si inchinava davanti a noi, onorando la nostra gioia.

«Se corri abbastanza veloce, puoi volare.» E corremmo. Volammo insieme, mano nella mano, con i piedi ancora per terra, ma il cuore nel cielo azzurro sopra di noi. Volammo e volammo ancora, e il mio cuore era pieno di gioia.

La memoria era una cosa complicata. Se si spingeva troppo forte, si strappavano via i pezzi che ancora si nascondevano nella nebbia, e cadevano perdendosi per sempre. Il trucco era lasciare che la memoria fluisse come la luce del sole al tramonto, limitandosi a guardare, senza dirigere. Permettendole di accarezzarti, e talvolta la luce scorreva in quegli angoli nascosti, illuminandoli. Raccontandoti i nuovi segreti che erano rimasti rinchiusi per così tanto tempo.

Oggi non c'era nient'altro di nuovo: né il suo volto, né il suo nome. Niente sul posto in cui eravamo, o sul motivo per cui eravamo così libere. Ma amavo comunque quel ricordo, perché quando ricordavo quella sensazione di pura gioia, mi convincevo che avrei potuto sentirmi così ancora un giorno.

Non sapevo se sarebbe mai potuto accadere con Arc e Bow.

Ma di certo non sarebbe mai successo con Mykl.

Non sapevo cosa fare. Così mi girai e mi rigirai, mentre il sonno mi sfuggiva, ora dopo ora.

Tutto quello che sapevo era che qualcosa di Mykl ancora cantava in me, come l'erba del campo chiamava il mio nome. Non volevo arrendermi. Non ancora.

CAPITOLO TRE

M *ykl*
Oggi indossava pantaloni ancora più stretti di quegli altri. Quelli che aveva messo al festival dei cristalli, quando noi... *Kazo.*

Erano dipinti addosso? Li aveva indossati per farmi dispetto. Probabilmente era arrabbiata per il bacio. Stava cercando di provocarmi. L'impulso di punirla a lungo e duramente fece allungare il mio cazzo lungo la gamba dei pantaloni. Dovetti voltarmi per ricompormi. Come era possibile che Kianna diventasse più attraente a ogni rotazione del pianeta?

«Ehi, Mykl.» Si avvicinò a me con la sua voce piena di quel miele e quel mordente che mi facevano impazzire. «Guarda.» Teneva qualcosa in mano, ma trovavo difficile distogliere lo sguardo dalle sue curve. Il modo in cui le scendeva la camicia metteva in risalto il rigonfiamento del suo...

«Ciaooooo? Zandia chiama Mykl. Rispondi Mykl» Finse di toccare la sua unità di comunicazione. «Attenzione, sto cercando Mykl, visto l'ultima volta nel...»

«Ne ho abbastanza.» La presi per le braccia. Lei fece un

37

respiro profondo e spalancò gli occhi verdi. Quelle labbra rosso bacca si aprirono solo per una frazione. Il cazzo si sollevò contro i pantaloni, dolorosamente compresso. «Ti avevo detto di non vestirti così.»

«Così come?» disse facendo l'innocente. Entrambi guardammo il suo petto, dove i suoi seni perfetti erano appena coperti.

Nonostante le mie migliori intenzioni, un ringhio mi scappò dalla gola mentre il cazzo spingeva.

E lei ridacchiò. Era il suono più irritante e al tempo stesso adorabile che avessi mai sentito. Lei ridacchiava, *kazo!* Con il suo coraggio. Dovevo fare qualcosa. Farla smettere di prendermi in giro. Perché, se non si fosse fermata, non sapevo cosa avrei fatto.

La tirai abbastanza vicino da toccarci quasi. Il calore del suo corpo mi trasmetteva il suo profumo, qualcosa di leggero, come i fiori in un campo. La luce del sole. «Smettila.»

«Smettere cosa?» strinse gli occhi.

«Lo sai cosa.»

«Devo smettere di fare un lavoro di qualità? Ma se lo facessi, rinnegherei la promessa che ho fatto a me e a re Zander di aiutare questo pianeta ad avere successo.» Mi diede un'occhiata innocente con gli occhi spalancati e si leccò il labbro inferiore. Fece un cenno con la testa verso il tavolo. «Ancora una volta, ho fatto quello che mi hai chiesto. Molto in anticipo. Penso di meritare una sorta di ricompensa.»

«Oh, sì, davvero?» La voce mi uscì bassa, praticamente un ringhio.

«Sì.» Alzò il mento. «E se non fossi così timido, avresti...»

«Timido?» Le mie antenne si misero in allerta e strinsi la presa sulle sue braccia. «Timido?»

«Esatto.» Accennò un sorrisetto. «Impaurito. Terrorizzato, a dire il vero.»

«Kianna, stai davvero esagerando.» Le rivolsi la mia occhiata più severa. In quanto suo maestro, era mio diritto e dovere punirla e insegnarle le usanze zandiane. Non l'avevo mai preso in considerazione perché non avevo alcun interesse ad entrare così in intimità con le umane.

Soprattutto considerando quello che avevo sentito su di loro. Come venivano stimolate dalla disciplina fisica. Come si creava un legame addestrandole e plasmandole.

Per poterle tenere.

E io non avevo intenzione di tenerne una.

Soprattutto non questa piccola e brillante umana allettante, terribilmente irritante, che amava torturarmi con il suo seno pieno e...

«Ti ho detto espressamente che non sono interessato a... niente. E hai disobbedito a un ordine diretto. È solo...»

«Solo cosa?» Le tremavano le palpebre. Come era possibile che un essere avesse ciglia così spesse e nere? Inclinò la testa verso di me. «Cosa?»

«È... insubordinazione.» La mia voce adesso era più bassa, più morbida. Feci scivolare le mani lungo le sue braccia per prenderle i polsi. «Molto disobbediente. Dato che continui a offrire qualcosa che non voglio.»

«Hmm. È così.» Non le avevo mai sentito questo tono prima. Caldo. Come il sesso, la musica. «Mi chiedo cosa dovresti farmi, quindi?»

Chiuse gli occhi e aprì le labbra. Ringhiai di nuovo. *Kazo*, non potevo resisterle! Era come se il mio sangue ribollisse per questa umana. Lei era l'unica che poteva alleviare il prurito. Per un secondo, mi chiesi se sarebbe stato così sbagliato... stare con lei. Che danno avrebbe potuto fare solo una volta? Solo per vedere?

Stavo per chinarmi e prenderle la bocca, ma poi vidi il sorrisetto sul suo viso. Trionfante. Vittorioso.

Mi tirai indietro, c'erano emozioni ovunque. Ma quella predominante era la rabbia.

«Questo non è un gioco, Kianna.»

Spalancò gli occhi. «Non penso che lo sia.»

«Allora smetti di provare a vincere.» La fissai. «Smettila di provare a manipolarmi. Non funzionerà.»

Prima che potesse pensarci su, presi l'aggeggio che lei teneva in mano e lo misi da parte prima di prenderla tra le braccia e dirigermi verso i sedili al lato della stanza, quelli che gli esseri usavano per le pause. Al momento eravamo soli qui ed era improbabile che entrasse qualcuno. Tuttavia, la porta principale era aperta. Ignorai la cosa.

«Cosa fai?» Alzò la voce, con un tono che era misto di allarme e lotta.

La cosa non fece altro che aumentare la mia lussuria di un'altra tacca. «Quello che avrei dovuto fare dalla prima rotazione del pianeta. Insegnarti chi comanda qui.»

Kazo, questo era un grosso errore. Ma non potevo fermarmi. Non volevo fermarmi. Era come se le mie mani stessero facendo l'unica cosa che volevo, e morivo dalla voglia.

Mi sedetti e me la tirai sulle ginocchia. Ci misi un secondo a sistemare la sua forma snella e sensuale sulle mie cosce forti.

Lei strillò e si agitò, girandosi per guardarmi. L'espressione sul suo viso – indignazione, sorpresa – mi fece ridacchiare.

«Mykl! Mettimi giù subito.» Mi spinse.

«Volentieri.» Le sorrisi. «Dopo che ti avrò punita.» Le spinsi la spalla, con delicatezza ma con fermezza, per farla sdraiare.

«Che cosa?» Si girò di nuovo.

Scossi la testa. «Sai esattamente cosa intendo. Dal momento in cui hai messo piede nella mia cupola, non hai fatto altro che stuzzicarmi, essere sfacciata e disobbedire. Provare a innervosirmi. È ora di mettere in chiaro alcune cose.»

Usai una mano per tenerla contro le mie gambe premendo sulla sua schiena. Con l'altra tirai la vita dei pantaloni attillati.

«Fermati!» Mi afferrò i polpacci. «Mykl. Tu che cosa...»

«Sai cosa sto facendo.» Mi chinai, lasciando che il mio respiro le sfiorasse il collo. Smise immediatamente di combattere. Ammorbidì le mani sulle mie gambe ma continuò a trattenermi, allentò le dita ma non lasciò la presa. Anche attraverso i pantaloni, il suo tocco mi faceva bruciare. I punti in cui le sue dita incontravano i miei muscoli si animarono, i nervi tremarono. E diamine, averla sulle mie ginocchia me l'aveva fatto venire duro come l'acciaio.

Si dimenava sulle mie ginocchia. Poteva sentirlo, ne ero sicuro.

«Ti sculaccio.» Questa volta, quando le afferrai la vita dei pantaloni, sollevò leggermente i fianchi, come per incoraggiarmi. Assistermi.

Il mio cazzo divenne più duro. Tolsi il tessuto e inspirai per la perfezione cremosa delle sue cosce. Per un secondo, tutto ciò a cui riuscii a pensare fu strappare quel pezzo di pizzo che le copriva l'inguine, allargare quelle gambe e seppellirmi nella sua figa. Mi chinai sul suo corpo, scoprendo le sue lunghe gambe, centimetro dopo centimetro. Quando lanciai i pantaloni sul pavimento, ce l'avevo così duro che mi faceva male.

«Ma non voglio essere sculacciata.» La sua voce era tranquilla.

Non le credetti nemmeno per un secondo. Perché sentivo l'odore della sua eccitazione, anche attraverso le sue mutandine. E quando guardai più da vicino, vidi che aveva inzuppato il tessuto. Oh, stelle, cosa mi sarebbe piaciuto fare.

«No?» Afferrai la parte superiore delle sue mutandine di pizzo e la tirai su, con forza, in modo che il tessuto scomparisse nella fessura del culo e salisse contro le labbra della figa.

«Ohh,» ansimò e si contorse sulle mie ginocchia. «Io... no.»

«Mmm, beh, allora è proprio un peccato, non è vero? Perché sta succedendo che tu lo voglia o no. L'unica domanda è se togliertele o meno.»

Tirai la parte della vita in modo che l'elastico battesse contro i suoi fianchi, producendo un leggero schiocco.

Lei sussultò di nuovo. «Mykl.» C'era così tanto bisogno nella sua voce che quasi la tirai su e la baciai.

Ma avrebbe peggiorato le cose. Feci un respiro profondo. «Voglio che tu smetta di disobbedire ai miei ordini. Devi fare quello che ti chiedo.»

«Cosa vuoi che faccia?» Allargò leggermente le cosce.

Kazo, le cose che avrei voluto che facesse.

«Per adesso? Tieni le mani abbassate, non scalciare e di' grazie quando avrò finito.»

Fece un piccolo verso, non sapevo cosa, forse una domanda, ma si trasformò in un grido mentre alzavo la mano e la abbassavo con forza sul suo sedere.

Lo schiocco che risuonò fu così soddisfacente che ringhiai. Le mie antenne si irrigidirono. «Per questo.»

La sculacciai di nuovo, un po' più forte.

«Owww.» Sibilò e si agitò.

La tenni ferma con una mano. «Tranquilla. Abbiamo appena iniziato.»

La sculacciai nuovamente su ciascuna natica, poi alla base delle cosce. «Questa è per tutte le volte che non hai ascoltato.» La sculacciai di nuovo. «E questa è per le volte in cui hai fatto quello che volevi tu, non quello che volevo io.» Abbassai forte la mano. Per l'unica vera stella, la sua pelle era la cosa più morbida che avessi mai sentito. Non vedevo l'ora di finire la punizione per poterla toccare, ma no. Non lo avrei fatto. Le avrebbe dato esattamente un'idea sbagliata.

«E questa è per quando hai fatto l'esatto contrario di quello che ti ho detto.» Piovvero una raffica di sculacciate violente sulle sue natiche, velocemente.

«Mykl.» Ansimava, afferrandomi di nuovo le gambe. «Fa male.»

«Dovrebbe.» Continuai a sculacciare.

«Smettila.» Affondò le unghie.

«Smetterla?» Sculacciai più forte. «Smetterla, come hai fatto tu quando ti ho detto di non provocarmi?» La colpii sulla parte superiore delle cosce. «Smetterla come tu hai smesso di vestirti in modo così... provocante?» Un altro colpo sulle cosce, poi un altro sul sedere.

«Dico sul serio!» Si dimenò, si aggrappò più forte. Mi fece quasi male, attraverso i pantaloni. Ma non del tutto.

«Spero che tu non creda che le tue delicate manine umane possano farmi male.» Sculacciai ancora e ancora. «Perché non solo sbaglieresti, ma otterresti colpi extra anche solo per averci provato.»

«Vaffanculo.» La sua voce era determinata e tremante.

«Vaffanculo? Oh veramente?» Sculacciai ancora più forte. «Lo dirai di nuovo, Kianna?»

«Vaffanculo!» gridò. «Mykl, smettila!»

«Mi fermerò quando sarò pronto a fermarmi.» Mantenni la voce ferma.

Il suo culo era ormai di un rosa intenso. «Mi fermerò quando sarò convinto che tu abbia imparato una lezione.»

«L'unica lezione che mi stai insegnando» sbottò, ansimando, stringendomi le gambe come una morsa, «è che sei uno stronzo.»

«Continua così con gli insulti, Kianna. E questo è ciò che guadagnerai.» Le sculacciai di nuovo le cosce.

«Ho intenzione di ucciderti!» urlò e mi prese a pugni.

«Risposta sbagliata. Vuoi che usi la cintura?» Posai una mano sul suo culo caldo e fiammeggiante. Contrasse i muscoli e piagnucolò; ero certo che facesse male, considerato quanto era caldo. Ma notai anche che era ancora più bagnata di prima.

Kazo, le sculacciate eccitavano la mia umana, proprio come succedeva alle altre. E se avessi voluto prenderla adesso, sarebbe stata ricettiva... e appassionata.

No. Non la mia umana. Questa umana. Questa umana problematica e difficile che non mi lasciava in pace.

«Non sei autorizzato a torturarmi» gemette, con voce pietosa. «È una regola.» Ma mi guardò e si leccò le labbra. Lentamente. Deliberatamente. «Non vuoi trovare un altro modo per darmi una lezione?» Si morse il labbro inferiore.

«Non ti sto torturando. Ti sto mostrando chi comanda.» Le accarezzai il culo. Cercando di non gemere per il modo in cui avrei voluto morderle il labbro come stava facendo lei. Volevo infilare la lingua nella sua figa.

Lei sussultò, poi si rilassò al mio tocco.

«Risposta sbagliata» sbottò. «Mi stai insegnando che sei un prepotente.»

Soffocai una risatina. *Kazo*, era esuberante. Lo amavo. Ero stato con delle femmine su molti pianeti, schiave del piacere, e nessuna di loro aveva mostrato questo incredibile mix di passione e sfacciataggine. Nessuna di loro sapeva come premere i miei pulsanti in questo modo. Probabilmente perché era umana.

Un'umana.

«Gli zandiani» le feci notare, con voce tesa, «hanno il dominio sugli umani. Dobbiamo domare le nostre compagne.»

44

«Compagne, sì. Ma è esattamente quello che non vuoi da me. Giusto?» Si accasciò sulle mie ginocchia. Si tranquillizzò. Poi disse: «Bene, Mykl. Hai vinto, ok? Farò quello che vuoi da ora in poi.»

La sua voce era così piatta che una fredda ondata di terrore mi trafisse il petto.

L'avevo sculacciata troppo forte? Prima era eccitata, ora era come se tutto fosse scomparso. *Kazo.* Non avevo mai voluto *farle male* davvero. Volevo solo darle una lezione. E poi, c'era l'altra cosa, la cosa a cui non potevo permettermi di pensare...

Mi lasciò andare le gambe. «Posso alzarmi e vestirmi, per favore?» Tirò su col naso.

Mi si strinse il petto. «Non ancora» ringhiai.

«Ne ho avuto abbastanza.» Si irrigidì sotto le mie mani.

«No, non è così.» Non sapevo cosa diavolo mi stesse succedendo, tutto quello che sapevo era che dovevo dare a questa piccola umana il piacere che non vedeva l'ora di provare. Avevo sentito dire da ogni zandiano accoppiato di come le sculacciate e le punizioni eccitassero le loro compagne, e di come dopo le soddisfacessero in modo esplosivo.

Non se lo meritava. E le avrebbe davvero dato un messaggio sbagliato. Ma *kazo* volevo – no, *dovevo* – davvero dare a questa piccola creatura tutto ciò che desiderava in questo momento. Ora che l'avevo nuda e bisognosa sulle mie ginocchia, non l'avrei lasciata con il desiderio. Qualcosa dentro di me ardeva dal bisogno di finire ciò che avevo iniziato. Mi sentivo come in un sogno, guidato dal pilota automatico, come se lo vivessi a distanza.

Le feci scorrere le mani sul sedere e sulle cosce. «Rilassati» mormorai. «Hai ragione. Ci sono altre lezioni da imparare. Altre cose che posso insegnarti.»

Fece un respiro profondo e il suo corpo riprese vita. Sentii l'energia scorrere di nuovo attraverso di lei. Era incredibile quanto mi sentissi in sintonia con lei. Era la luce che filtrava dai lucernari? Il solstizio era vicino, e anche sederci tra i raggi sembrava farci scoppiettare di nuova energia.

Oppure era la sua pelle; forse era intrisa di una forza vitale irresistibile?

Non lo sapevo e non mi interessava. La accarezzai ancora e ancora finché non gemette, un suono basso e gentile, mentre tutto il suo corpo era disinvolto e leggero. In attesa. Poi feci scorrere le dita più in basso, nel punto tra le cosce. Gemette e allargò le gambe, lasciandomi entrare.

Era la cosa più morbida che avessi mai toccato, *kazo*. Così bagnata, calda. Stretta.

Non vedevo l'ora di saperne di più.

* * *

Kianna

Il culo mi pizzicava per le sculacciate ed ero arrabbiata perché mi aveva tenuta ferma e mi aveva punita. Allo stesso tempo ero euforica, perché in fondo era questo quello che volevo...

Ed era magnifico, più di quanto avessi sognato. Le sue mani forti sul mio sedere, le sculacciate, poi le carezze, la voce bassa e ringhiante. In questo momento morivo dalla voglia che facesse di più.

Aveva detto che non voleva avere niente a che fare con me, ma sapevo che era una bugia. Ogni suo tocco mi diceva che voleva qualcosa di più, non di meno.

Quando fece scivolare la mano tra le mie cosce, le aprii.

Era abile con le sue dita forti, proprio come immaginavo. Non sapevo dove avesse imparato questa tecnica, e in questo momento non mi interessava. Più tardi, forse, avrei mentalmente decapitato ogni puttana in ogni luogo di piacere dell'universo. Ora però era tempo di divertirmi.

Fece scivolare le dita sulla mia fessura liscia, poi si spinse dentro di me.

«Mykl» sussultai il suo nome.

Tolse la mano e mi girò facendomi sedere sulle sue ginocchia.

«Ti piace?» Il suo sussurro aspro mi fece bruciare la pelle.

«Sì.» Alzai il mento.

Quando prese le mie labbra, fu vorace. Senza esitazione. Mi baciò come se fosse il suo ultimo compito su questo mondo. Mi stuzzicò la lingua con la sua. «Aprimi» mi chiese, avvicinandomi la testa con una mano e toccandomi le cosce con l'altra.

«Sì» dissi nella sua bocca, e poi mi persi nel suo abbraccio.

Sembrava così giusto. Baciare Arc (o era Bow?) era stato... accettabile. Ma questo? Questo era sorprendente. Questi erano fuochi d'artificio, era magia e tutto ciò che sognavo.

L'angolazione della sua mano ora era diversa e mi accarezzava il clitoride con il dito. Morbido, dolcemente.

«Mykl.» Gemetti, un verso sommesso e lamentoso, e mi spinsi contro il suo tocco.

«Così?»

Ma non aveva bisogno di chiedere. Era perfetto. Come se lo sapesse, sapeva come farlo. Per me.

Il mio culo nudo era sensibile alla sua coscia forte. Quando si spostava, i suoi muscoli si muovevano sotto il mio corpo e questo mi faceva bruciare ancora di più. Madre Terra, lui era puro potere. Volevo sentirlo su di me. Volevo che premesse contro di me, che spingesse la sua lunghezza contro di me. Dentro di me.

Piagnucolai. «Ti prego.» Odorava di officina meccanica,

ma sotto si sentiva la sua essenza. Qualcosa di maschile, forte. Premetti il viso contro il suo collo, inspirando.

«Cosa fai?» Sembrava divertito.

«Mi piace il tuo odore.» Non provavo alcun imbarazzo.

«Anche a me piace il tuo profumo.» Prima che io capissi cosa stesse succedendo, mi prese tra le braccia e mi lasciò cadere di nuovo sul sedile. Ma dolcemente, con cura. Sistemandomici.

«Lasciami fare» sussurrò. Una richiesta. Una supplica.

Mi sdraiai e gli permisi di allargarmi le cosce. Quando si inginocchiò tra le mie gambe, sussultai. E poi, al primo tocco della sua lingua sul clitoride, gridai il suo nome. «Mykl!»

«*Kazo.*» Sembrò stupito, come se fosse in adorazione. «Kianna. Così perfetta. Deliziosa.»

La sua lingua, oh, stelle, la sua lingua! Avrebbe potuto abbattere interi pianeti. Mi stuzzicò il clitoride con colpi morbidi, poi scivolò lungo il mio corpo, usando la giusta quantità di pressione per farmi impazzire.

«Tu» mi disse, tra una leccata e l'altra, «Sei. La femmina. Più problematica. Che abbia. Mai. Incontrato.»

«Sì?» Chiusi gli occhi e vidi i colori scoppiare dietro le mie palpebre. Blu ceruleo. Ametista, come i suoi occhi. Smeraldo.

«Ecco perché ho dovuto sculacciarti.» La sua voce, un incrocio tra un ringhio e delle fusa, mi fece impazzire.

«Oh, non dovevi farlo. Volevi. Ah.» Mi contorsi mentre lui mi leccava il clitoride in un modo che quasi mi fece venire.

«Era più che volerlo.» Fu come se le parole gli fossero state strappate via. Un'ammissione concessa solo perché era estasiato dal mio corpo. Come se lo stesse combattendo. «Ah.»

«Davvero?» Spinsi i fianchi verso l'alto.

«Non venire, *kazo.*» Mi afferrò con le mani forti, mi tirò

su appena un po' e mi diede una pacca sul sedere. Forte.

«Non verrai finché non ti concederò il permesso.»

«Allora non potrai venire neanche tu, finché non avrai ricevuto il mio... oohhh!»

Mi diede uno schiaffo all'interno della coscia. «Piccolo essere umano chiacchierone.»

«Vuoi vedere cosa può davvero fare la mia bocca?» Non avevo mai fatto quello che stavo pensando di fare. Ma lo volevo, per Mykl. In effetti, morivo dalla voglia di sentire il suo cazzo con la lingua. Di renderlo tanto bisognoso quanto me.

«Dopo.» Infilò la lingua profondamente nel mio corpo e io urlai di piacere, quasi sollevandomi dal cuscino. «Mykl! Mi farai...»

«Hai ottenuto il permesso?»

«No ma...»

«Allora aspetta.» Sembrava soddisfatto di sé. «Oppure ti sculaccio di nuovo.»

Ero sicura che lo pensava sul serio. Che gli sarebbe piaciuto. E per quanto mi fosse piaciuto la prima volta, perché mi aveva fatto eccitare, in questo momento tutto ciò che desideravo era l'orgasmo imminente. E se mi avesse dato prima un'altra sculacciata, sarei morta. Letteralmente.

«Sto aspettando!» Mi afferrai i capelli. «Stelle, per favore.»

«Implorami. Di' il mio nome.» La sua voce era ruvida di passione. Lo guardai, lo guardai davvero. Le antenne erano durissime. Gli occhi gli brillavano di una passione che non avevo mai visto. Un'apertura nuova. Gli donava.

Un'ondata di emozioni mi pervase. «Mykl. Ti prego...» La mia voce era dolcissima. Per un secondo, una frazione di secondo, l'immagine dell'erba che scorreva veloce mi riempì la mente. Poi tornai a Mykl, perché disse:

«Sì.»

E quando riavvicinò la bocca al mio corpo, e anche le mani, mi lasciai andare al suo tocco.

Aveva il controllo, ero sana e salva, ed era giusto volare via nella passione che condividevamo.

Lasciai che l'orgasmo crescesse mentre mi leccava, senza fretta, senza pressione, e quando raggiunse il culmine, gridai il mio piacere nell'aria luminosa. La luce si rifranse intorno a me, lampeggiando nei miei occhi e nei suoi, e lo guardai tutto il tempo, perché era bellissimo ai miei occhi.

E io venni, e venni con il suo nome sulle labbra e il suo viso impresso per sempre nella mente, con il suo cuore e il mio che battevano allo stesso ritmo feroce.

Non ero mai stata così vicino a un altro essere, ed era tutto ciò che avevo sempre desiderato nella mia vita, prima ancora di sapere che esistesse questo tipo di legame.

Sapevo che questo avrebbe cambiato tutto.

* * *

MYKL

QUESTO NON CAMBIAVA NULLA.

Amavo la sensazione di lei che veniva sotto la mia lingua... donandomi il suo corpo.

Il problema era che mi stava dando molto di più: voleva darmi la sua anima. Quell'essenza di cui parlavano gli umani, qualcosa di cui non avevamo una traduzione esatta nella lingua zandiana. Supponevo che "cuore" fosse il termine più vicino. Ma non potevo prendere il cuore di Kianna. Non potevo prenderne nessuno.

Stava ancora ansimando, con un'espressione di pura beatitudine sul viso, quando mi tirai indietro e mi sdraiai accanto a lei, rigidamente. Non avrei desiderato altro che vederla mettere la bocca su di me come si era offerta di fare, e poi entrare nella sua dolce figa.

Ma molto tempo fa avevo promesso di accoppiarmi solo con un'altra zandiana o di non accoppiarmi affatto. E come mi aveva detto mio padre, era solo mantenendo pura la nostra linea di sangue che potevamo garantire che i nostri geni guerrieri rimanessero forti, così da poter garantire il nostro futuro. E noi zandiani mantenevamo le nostre promesse. Faceva parte di ciò che ci distingueva. Faceva parte del nostro codice.

Anche se c'era questo nella mia mente, automaticamente la avvolsi tra le braccia e strinsi il suo corpicino al mio, notando quanto stessimo bene. Due pezzi di un puzzle. Ed era la cosa più straordinaria, perché starmene semplicemente sdraiato qui con lei, anche se il mio cazzo era ancora duro come una roccia a causa del bisogno, era in qualche modo rilassante.

Lei si agitò. «Lasciami.» La sua voce era pura dolcezza. «Voglio farti sentire bene anch'io.»

Le sue manine mi slacciarono i pantaloni e, anche se avrei voluto dirle di no, aggiustai i fianchi in modo che potesse tirarmi il tessuto giù per le gambe.

«Penso che mi metterò così» annunciò, e si mise a cavalcioni al contrario, in modo che il culo e la figa gloriosi fossero proprio davanti ai miei occhi.

«Kianna...» fu tutto quello che riuscii a fare, perché, *kazo*, si chinò e mi prese in bocca e l'intero pianeta si inclinò sul suo asse.

«Santa stella zandiana.» Mi sdraiai e le permisi di mettersi all'opera con il mio cazzo.

Non l'aveva mai fatto prima; ne ero convinto. Era inesperta e incerta con la lingua, ed era la cosa migliore che avessi mai provato. Sapere che voleva farlo, aveva quasi implorato di farlo: mi incendiò.

«Succhia un po' più forte» le suggerii. «Tira più forte la punta.»

«Così?» Si sfilò per prendere aria, poi si riapplicò. «Oh, stelle, sì. Proprio così.» La mia voce era tesa per il crescente bisogno.

Questo piccolo essere umano non aveva bisogno di molte istruzioni. Ogni secondo che passava, acquisiva sicurezza e abilità, e all'improvviso mi persi sotto il suo corpo, alla bocca calda e stretta, alle manine impegnate.

«Kianna, sto per...»

Non si fermò, si limitò a succhiare più forte e ad afferrarmi le cosce con entrambe le mani, affondando le dita. Non mi fece male; le piccole dita umane non ci sarebbero riuscite, ma alimentò la mia passione.

Le afferrai i fianchi e le colpii il culo, ancora una volta, con la voglia di leccarle la figa, toccarla, farle tutto l'immaginabile...

E poi esplose. Il mio orgasmo fu immenso, il migliore che avessi avuto in molti cicli solari. Nel momento di beatitudine, mi ritrovai completamente vulnerabile al suo potere e non me ne importò niente. Venni e ruggii il suo nome e poi ringhiai, trascinandola accanto a me, lasciando che le ondate di piacere mi travolgessero.

Era estremamente compiaciuta di sé. Lo capivo dal modo in cui si dimenava e gemeva accanto a me, con il suo corpicino premuto contro il mio. «Ti è piaciuto?»

«Lo sai.» Le accarezzai i capelli.

Restammo in silenzio, poi parlò lei. «Perché odi così tanto gli umani?»

Normalmente non parlavo di queste cose, ma per qualche motivo le parole uscirono e basta. «Non li odio.»

«Ma tu non ne vuoi... una.» Si irrigidì leggermente. «Come compagna. Voglio solo sapere perché.»

«È un motivo privato.» Presi fiato. Lei non disse nulla e

io continuai. «Ho fatto una promessa molto tempo fa e non la infrangerò. Un voto sacro a mio padre.»

«Di evitare le umane?» Alzò la testa. «C'erano anche su Zandia quando eri piccolo?»

Scossi la testa. «Non come adesso, no, ma eravamo consapevoli che gli zandiani potevano accoppiarsi con successo con altre specie. I finn erano alle fasi iniziali dell'attacco e avevamo perso molti guerrieri. Mio padre aveva un dono...» Mi interruppi.

Mi toccò la mano, dicendo tanto con quel semplice gesto.

Distolsi lo sguardo. «Io semplicemente...» Come potevo dire che mi mancava ancora tanto da farmi sentire le pugnalate nel petto? Gli zandiani erano più forti di così. «Era uno dei migliori guerrieri che Zandia abbia mai visto, Kianna.» Feci fatica a trovare le parole per descrivere il suo potere. «Avrebbe potuto combattere come dieci guerrieri insieme.»

«Wow.» Intrecciò le dita con le mie.

«Ed ero come lui, quando ero giovane.» Ora questa parte era qualcosa di cui non parlavo spesso, nemmeno con i miei amici. «Poi mi sono infortunato e non ho più potuto allenarmi.»

«Non ne avevo idea. Sei rimasto ferito?» Si librò sopra di me, sbattendo le palpebre. «Dove? Non ti ho fatto male, vero?» Mi toccò la spalla. Si morse il labbro.

Sbuffai. «Non lì.» Le presi la mano e me la misi sul petto. «Qui.»

Mi premette sui pettorali. «Ma non hai cicatrici.»

«Dentro.» Il cuore iniziò a battermi forte e mi concentrai per calmarlo. «Ho respirato gas velenoso. I finn lo hanno scatenato in una scuola, sperando di uccidere i giovani zandiani. Ne hanno uccisi molti, ma io sono sopravvissuto. I miei polmoni però erano gravemente sfregiati. Sono quasi morto. Quando mi sono ripreso, ero già maturato oltre il punto in cui avrei dovuto impegnarmi davvero nell'allenamento. Era troppo tardi per raggiungere il mio pieno potenziale. E i miei polmoni non erano più al massimo della capacità.»

«Quindi sei diventato ingegnere? C'è onore in questo, Mykl. I guerrieri non potrebbero mai fare quello che fanno senza di te come base.» Mi toccò di nuovo il petto, dolcemente, le sue dita sembravano seta.

Mi allontanai. «Lo so. Ma non lo rende più facile da sopportare.»

«Ma non capisco che c'entrano gli esseri umani, però. Perché, Mykl, le umane sono così compassionevoli e premurose. Sicuramente il supporto emotivo di un'umana potrebbe aiutarti...»

«Mio padre mi ha fatto promettere che mi sarei accoppiato con una femmina zandiana che avesse geni simili ai miei in termini di potenza e lignaggio, in modo che le nostre abilità di combattimento potessero essere trasmesse ai piccoli.»

«Oh.» Il suo tono fu improvvisamente piatto.

«Che l'avrei aspettata, finché avessi avuto bisogno di aspettare. Perché quello avrebbe onorato il mio dovere verso Zandia. Onorerei il mio pianeta e il mio re trasmettendo il dono che non posso più usare a un essere che potrà farlo.»

Naturalmente mio padre non poteva sapere, quando aveva preteso quella promessa, che le femmine zandiane sarebbero state quasi spazzate via dall'esistenza. Ne rimanevano solo una manciata e quelle in età riproduttiva erano già accoppiate.

Rotolò via da me. «Capisco.»

«E gli zandiani non infrangono le promesse.» Mi sedetti.

«Capisco.» Afferrò i pantaloni.

Mi vestii anch'io. «Quindi, Kianna, ecco perché non può succedere nulla tra me e te... con nessun essere umano.»

Alzai le spalle. «Non posso proprio. Sto aspettando il mio destino.»

Lei annuì, con la testa china, i capelli che le cadevano sul viso. La sentii tirare su col naso e mi si strinse il petto.

Di solito chi piagnucolava mi faceva impazzire, ma sentii la curiosa inclinazione a consolarla.

Opposi resistenza a questa sensazione e mi allontanai. «Per favore comportati bene da ora in poi. Al lavoro.» Era una cosa crudele da dire dopo quello che era appena successo. Ma non sapevo come gestire questa situazione.

Si mise il viso tra le mani.

Kazo, ero un mostro, ma me ne andai.

Non potevo stare qui con lei perché, se fossi rimasto ancora, l'avrei ripresa tra le braccia e mi sarei lasciato trasportare, in un posto dove non sarei mai potuto andare.

La mia promessa era importante. Zandia era importante. Dovevo fare la cosa giusta.

Sarebbe stata bene con Arc e Bow.

Ma mentre uscivo dalla porta principale e mi mettevo al sole, pensando a lei con altri maschi, ruggii contro l'aria, facendo girare alcuni passanti incuriositi. Poi corsi via, veloce, correndo più forte e rapido che potevo, finché i miei polmoni sfregiati non bruciarono dal dolore.

Abbracciai il dolore. Me lo meritavo dopo il modo in cui avevo giocato con le delicate emozioni umane di Kianna. Dopo l'avevo semplicemente usata senza intenzione di tenerla.

Mi aveva aspettato.

Non avevo riconosciuto ciò che avevo sempre saputo, ma ora era chiaro. Non era andata avanti con gli altri corteggiatori perché stava aspettando me. E ora avevo semplicemente distrutto ogni speranza che potesse avere. Le avevo detto senza mezzi termini perché non volevo, non potevo, prenderla come mia sposa.

Avevo fatto la cosa giusta, però. Illuderla sarebbe stata una crudeltà.

Stavo aspettando una zandiana. Dovevo farlo. E quando avessimo trovato il resto della nostra specie sparsa nella galassia, e sapevo che sarebbe successo, sarei stato pronto ad accettare la sfida di generare guerrieri forti e perfetti. Come mio padre e mio nonno, e quelli prima di loro. Venivo da una delle stirpi guerriere più forti di Zandia.

Se non fossi stato ferito molto tempo fa, sarei stato là fuori come Lanz e Domm, a salvare gli altri. Invece, ero bloccato qui a progettare la tecnologia che li rendeva potenti, *kazo*. E non mi dispiaceva. Stavo facendo la mia parte per il nostro futuro.

Ma volevo possedere il futuro anche in modo viscerale. Portare nuova vita al nostro pianeta. Mandare avanti un bambino a fare ciò che io non potevo più fare. Ma che serviva per il futuro di Zandia.

Perché, allora, l'immagine della pancia di Kianna gonfia per via di un bambino continuava a tremolare nella mia mente?

E il pensiero di toccare un'altra femmina, anche una zandiana, mi deprimeva?

CAPITOLO QUATTRO

K ianna

«Che è successo? Devi dirmi qualcosa?» Mirelle irruppe alla mia porta. Se non fosse stata un pilota di caccia, ero convinta che avrebbe potuto essere una ballerina. Ancora una volta, fui colpita dalla gelosia per la facilità con cui aveva conquistato il cuore dei suoi compagni.

Distolsi lo sguardo, spostandolo fuori dalla finestra di casa mia. «Noi, sì. Ci siamo baciati. Poi noi...» Come potevo descriverlo? «Siamo stati in intimità.» Ero accaldata e non riuscii a fare a meno di sorridere, anche se avevo il cuore in pezzi per quello che era successo dopo.

«Oh, Kianna.» Batté le mani e sorrise. «È una notizia davvero fantastica! Hai ricevuto i cristalli?» Si avvicinò a me, con un'espressione impaziente. «Fammi vedere.»

«Cristalli? No.» Ironizzai. «In effetti, se n'è andato... oh. Stai parlando di Arc e Bow.» Strinsi l'elastico tra i capelli e mi sedetti. Misi la faccia tra le mani.

«Di chi parli?» alzò la voce. «Hai...» Esitò, con voce sommessa. «Mykl?»

Annuii.

«Oh, Madre Terra.» Si avvicinò e si sedette accanto a me, mi abbracciò. «Oh, Kianna.»

Scossi la testa. «Ha detto che sta aspettando una femmina zandiana purosangue che porti avanti i suoi geni da guerriero super speciali. Una promessa solenne fatta al padre morente.»

Mi strinse la mano. «Capisco.»

«Sì.» Mi asciugai gli occhi. «È attratto da me, ma sono inferiore.» Alzai le spalle. «Non vado abbastanza bene per il suo prezioso DNA. Tutto qui.» Mi alzai e camminai. «Mi ha detto di lasciarlo in pace. Non vorrà mai nessuna umana.»

«Mi dispiace.» Mirelle era cupa. Sapeva bene quanto me che gli zandiani credevano nella loro parola.

«Non c'è niente che io possa fare, immagino.» Tuttavia, un accenno di un'idea iniziò a crescere nella parte posteriore del mio cervello. Solo un lampo. Un piccolo, folle piano.

Guardai fuori dalla finestra. «Insomma, a meno che all'improvviso non mi trasformi in una feroce principessa guerriera e parta e compia qualche tipo di impresa straordinaria, qualcosa di cui la gente scrive nei libri di storia. Allora forse, solo forse, mi accetterebbe come una sostituta inferiore ma accettabile.»

Mirelle mi lanciò uno sguardo così comprensivo che quasi mi sentii morire. «Kee. Meriti qualcuno che non solo ti tolleri, ma che pensi che tu sia l'essere più straordinario su questo pianeta.»

«Come Arc e Bow?» I loro baci erano tiepidi rispetto a quelli di Mykl.

«Sono bravi maschi e ti daranno una bella vita.» Sembrava allettante. «Non sarà così male. Imparerai ad amarli.»

«E mi considereranno l'essere più straordinario?» Alzai gli occhi al cielo. Avevo percepito molte cose da loro: onore, integrità, gentilezza. Forza. Ma la passione incessante non era una di queste.

«Non lo so.»

Restammo in silenzio per un secondo.

«Puoi insegnarmi a combattere e volare come te?» La guardai, gli occhi bagnati di lacrime. «Ricordi quella volta che hai ucciso quella *vipn*, prima che diventassimo amiche? Poi hai iniziato ad addestrarmi? Possiamo fare di più.» Alzai la voce, piena di speranza.

«Oh, Kee.» Mi toccò la mano. «Io non...»

«Non mi aspetto di essere esattamente come te.» Mi alzai, con voce fiera. «Ma voglio smettere di essere esattamente come me.»

«Puoi venire alla mia nuova lezione. Ma...» esitò. «Se non lo fai per le giuste ragioni...Non andrai da nessuna parte.»

«Chi sei tu per dirmi se è il motivo giusto?» sbottai.

«Nessuno.» Mi lanciò uno sguardo equilibrato. «Solo tu puoi dirmi se lo è.»

Mi accasciai di nuovo. «Io non so cosa fare.»

«Darai ad Arc e Bow un'altra possibilità?» Mi strinse il braccio. «Per ora, pensaci e basta. E non dimenticare. Ci incontreremo più tardi per lavorare con il comitato di pianificazione. Aiutare con l'allestimento della cerimonia ti solleverà sicuramente il morale.»

* * *

KIANNA

«MI PASSI QUELLI ARANCIONI, PER FAVORE?» La voce di Mirelle era più tesa. Non sapevo bene il perché, ma da quando aveva lasciato casa mia poche ore prima, era come se la sua ansia fosse aumentata, tacca dopo tacca. Se avessi potuto vedere la sua mente, l'avrei trovata tesa come un elastico, pronta a scattare.

«Ho fatto qualcosa? Mi dispiace se mi lamento troppo della mia situazione.» Mi asciugai gli occhi; erano ancora gonfi e umidi da prima, e la mia tristezza non si era attenuata. Presi il morbido nastro arancione e glielo passai perché lo legasse a una lanterna scintillante. «Ecco.»

«Che cosa?» Aggrottò la fronte. «Sto bene. Ovviamente no. Non fai mai niente di sbagliato.» Ma non prese il tessuto.

«È solo che sembri... nervosa.» Posai il morbido fagotto accanto alla pila di lavori che aveva fatto. Intorno a noi, altre voci umane si levarono insieme, un caldo chiacchiericcio di cameratismo ed eccitazione mentre preparavamo le decorazioni del festival. Era incredibile vederci tutte: personale medico, piloti di caccia, agricoltori, insegnanti, madri, tutte riunite per lavorare a un obiettivo comune.

Si guardò intorno e abbassò la voce. «Sto solo facendo fatica a prepararmi per la mia prossima missione.»

«Di solito non ne parli. Cosa c'è che non va?»

Lei guardò da una parte e dall'altra, poi mi prese la mano. «Possiamo parlare in privato?»

Nessuno si accorse dei nostri movimenti, o se lo fecero, non ci diedero peso: dopotutto eravamo buone amiche, di solito inseparabili. Solo il suo comportamento avrebbe potuto indurre qualcuno a capire che era preoccupata.

Uscimmo dalla grande sala riunioni nel silenzio del corridoio, e poi uscimmo dalla porta laterale in una piazza alberata. Era vuota, a parte le ombre del sole al tramonto e il grido solitario di una *maiorica* minore, le cui piume rosse brillavano come granati nei lunghi raggi morbidi. Inclinò la testa e ci guardò con gli occhi piccoli dal suo ramo, ma non si mosse. Forse aspettando le briciole; questa era una zona pranzo popolare per gli umani.

Ci sedemmo su una panchina di pietra e Mirelle si guardò

i piedi. «Questo non è mai successo prima.» Si sfregò le mani. «Non riesco a sentirlo.»

«Non riesci a sentire cosa?» Mi avvicinai.

«La mossa. Il mio calcio rotante.»

«Non ti seguo.»

«Ho creato una nuova mossa lo scorso sole mentre Lanz, Domm e io stavamo salvando quelle nuove umane da un'asta su Alph-4.» Prese fiato. «Mi è venuta in mente proprio quando avevo bisogno di combattere un Mok... sai, quelli con tre braccia? Ho fatto un nuovo salto, ho girato, sono caduta e ho calciato.»

«Beh, è fantastico.»

«Lo è stato.» Annuì, si leccò il labbro. «E Lanz e Domm ne hanno parlato a tutti. A ogni essere. Ne hanno parlato incessantemente e hanno insistito che dovevo insegnarlo nella mia classe in modo che tutti i combattenti potessero usarlo secondo necessità.»

«Sembra un onore.»

«Tranne per il fatto che non riesco a ricordare cosa ho fatto e si aspettano che inizi a insegnarlo domani.» Alzò la voce. Poi si alzò e incrociò le braccia. «Non riesco proprio a ricordare niente, *kazo*. È come un sogno malato e sfocato. Tutto quello a cui riesco a pensare è il panico, la paura e lo sguardo negli occhi del Mok.»

Si strinse forte, come se stesse cercando di rimpicciolirsi. Sorpresa, mi alzai e mi avvicinai. «Mirelle, non ti ho mai vista così.»

«Che c'è, non mi è permesso arrabbiarmi?» Fece un versetto e alzò le spalle quando la toccai. «Non toccarmi adesso.»

«Bene.» Alzai le mani, un po' ferita, ma più preoccupata. «Sembri molto turbata.»

«Beh, lo sono.» Mi lanciò un'occhiataccia. «Hai la minima idea del tipo di pressione a cui sono sottoposta ogni giorno?

Ogni essere pensa che sia facilissimo. Mirelle quella forte ed esuberante. Può uccidere e poi divertirsi, tutto nella stessa rotazione del pianeta! Che vita! Quello che non vedono è che a volte...» Prese fiato, le tremò la voce. «A volte le uccisioni tornano tutte a perseguitarmi di notte. Anche con i miei compagni accanto a me.»

«Oh, Mirelle. Non ne avevo idea.»

Alzò le spalle. «È la vita di un guerriero. È così.»

Chiusi gli occhi e l'immagine dell'erba che scorreva veloce mi riempì. Rallentai il respiro e feci quello che avevo imparato con la frequenza cardiaca. Poi feci quell'altra cosa, quella con cui in un certo senso spostavo la mente di lato, solo un po', e all'improvviso il volto della donna divenne chiaro. Il suo nome era Rhianna ed era la mia...

Aprii gli occhi. «Mirelle, posso aiutarti.»

«Ah sì?» Scosse la testa. «A meno che tu non riesca a entrare nel mio cervello e a spremere il ricordo di come eseguire quella mossa da combattente, non puoi fare nulla.»

«È proprio così. Penso di poter entrare nel tuo cervello.» Ero così emozionata che le parole mi uscirono velocemente. «Posso insegnarti.»

«No, non puoi.» Ma allentò la presa sul suo corpo. «Com'è possibile?»

«Ho già fatto questa cosa.» Sentii le guance arrossarsi perché era strano da spiegare. «Muovo la mente e lascio che i pensieri si schiariscano.»

«Non ha senso.»

«Lo avrà.» Allungai la mano e quando lei me la prese, sorrisi. «Lo avrà. Prova semplicemente questa cosa con me. Vuoi?»

Alzò le spalle. Ma percepii interesse nella sua posizione e nella sua espressione. «Credo di sì. Certo.»

Mi guardai intorno, eravamo ancora sole. Anche l'uccello taceva, lisciandosi le piume con un lungo becco argentato.

«Per prima cosa respireremo insieme. Ma in modo speciale.» Mi tolsi le scarpe, mi sedetti e incrociai le gambe. «Unisciti a me. Disponi le gambe in questo modo.» Diedi un colpetto al terreno proprio di fronte a me e misi i piedi ciascuno sulla coscia opposta.

«Che cosa c'è di speciale?» Strinse gli occhi. Ma si sedette. Si tolse le scarpe e si mise nella posizione del loto copiandomi. «Così?»

«Sì.» Annuii. «Ora. Inspiriamo finché non riempiamo il diaframma d'aria, poi la espelliamo in questo modo.» Glielo mostrai. «Metti la tua mano sul mio corpo per sentire come lo faccio. È diverso dalla respirazione normale.»

Mirelle era una che apprendeva velocemente. Fu incredibile la rapidità con cui imparò i cinque diversi modi di respirare che avevo scoperto, anche quello in cui si teneva una narice chiusa, inspirando ed espirando in un modo specifico.

Sembrava strano, ma schiariva la mente. La rendeva affilata come una spada zandiana, la lama così sottile da tagliare l'aria. Limpida come le acque immobili della grotta, da dove era possibile vedere a un chilometro di distanza le scintillanti formazioni sottostanti, quelle che vivevano lì da millenni.

Adesso le parlai, spiegandole cosa fare con questo respiro. «La prossima volta che espiri, svuota completamente la mente. Tutto quello che puoi vedere è la brillante stella zandiana. Tieni gli occhi chiusi e concentrati sulla stella. Solo quella.» Le presi le mani tra le mie. «Tienimi la mano mentre respiri. Rilassati.»

I muscoli di Mirelle si sciolsero. Le sue mani nelle mie erano morbide e rilassate.

Non sapevo per quanto tempo avremmo respirato insieme, ma avrei sentito quando sarebbe stata pronta per la parte successiva.

«Vedi solo la stella. Ma ora farai il tuo nuovo calcio accanto ad essa. Sei rilassata e calma. Il tuo corpo sa come farlo. Stai attenta, Mirelle. Guarda come su un ologramma. Continua a respirare.» Feci scorrere la mia voce come un ruscello che danzava sulle rocce, agile e veloce. Gliela mandai nella mente, infiltrandola nelle fessure oscure a cui non poteva accedere.

Le sue palpebre tremolarono, ma il suo respiro non vacillò.

«Puoi sentire il tuo corpo perfettamente. Ogni muscolo, ogni tendine. Stai guardando cosa succede. Lo vedi?»

Fece un piccolo respiro.

«Dimmi come va.»

La voce le uscì calma e dolce. «Mi preparo come se stessi facendo il calcio A3, ma poi...» si interruppe. Restò in silenzio per molto tempo.

Tolse le mani dalle mie e si alzò. All'inizio ebbi il terrore che non avrebbe funzionato.

Senza parlare, si accucciò, poi ruggì, un suono spaventoso e bellissimo, e saltò.

Ripresi fiato. Era la cosa più aggraziata e distruttiva che avessi mai visto.

«L'ho ricordato!» urlò. Fece di nuovo il movimento. E di nuovo, ancora.

Si avvicinò e si chinò, mi strinse goffamente, così forte che non riuscii quasi a respirare. «Kee, mi hai aggiustata! Mi sei entrata in testa. Non pensavo che potessi, ma l'hai fatto. Oh, dolce Madre Terra. L'ho ricordato.»

Aveva le lacrime agli occhi e non si preoccupò di asciugarle, e brillavano come piccole stelle alla luce. «Kee, sei un genio. Come hai fatto?»

Arrossii. «Non sono un genio. È semplicemente una cosa... che faccio.» Mi alzai e mi schioccò un ginocchio. Lo scossi e alzai le spalle.

«È incredibile.» Fece un passo indietro e replicò la mossa.

Volevo chiederle come facesse, per impararlo. Per un

secondo, immaginai me stessa saltare e urlare, e il volto di Mykl, stupito, perché anch'io ero una guerriera, una che poteva rispettare.

Ma anche io sapevo che avevo bisogno di molte rotazioni solari di allenamento anche solo per avvicinarmi a provare quello che poteva fare lei.

Mi morsi il labbro, felice e triste allo stesso tempo. «Sono felice di averti aiutato.»

«Vado direttamente alla cupola di allenamento» disse di getto. «Lo insegnerò subito, a chiunque sia presente. Oh, Kee, ti voglio bene.» Mi afferrò di nuovo e io ricambiai l'abbraccio. Forse la mia vita era un disastro in questo momento, ma cavolo, era bello fare qualcosa di utile. Qualcosa di prezioso. E mentre lei correva via, con la felicità in ogni passo, i miei occhi si riempirono di lacrime e sorrisi, guardandola allontanarsi.

CAPITOLO CINQUE

M *ykl* «Stai ancora trafficando con quello?» Lanz indicò il mio scanner a portata ultra-ravvicinata. «Perché ci perdi tempo?»

«Tra qualche rotazione del pianeta riceverò il messaggio che stavo aspettando.» Torsi insieme i fili e presi i miei strumenti di saldatura. «Passo il tempo mentre lavoro.» Kianna non era in servizio oggi, e neanche Amber era qui: era in ferie e aspettava i suoi piccoli. A quanto pareva le femmine umane avevano bisogno di tempo per prepararsi alla nascita.

Lanz sbuffò. «Ad un certo punto della rotazione del pianeta ti sveglierai e ti renderai conto che sei troppo vecchio e che hai sprecato la tua vita aspettando qualcosa che non arriverà mai.»

«Quando dimostrerò che hai torto, mi aspetto che ti inchini e ti scusi in ginocchio.» Strinsi gli occhi.

«Oh, striscerò e mi contorcerò come un verme Marsan se trovi un gruppo di femmine zandiane ascoltando quello scanner.» Sorrise. «Mangerò la terra. Ti preparerò un pasto. Sarò il tuo schiavo del piacere per una rotazione del pianeta.» Gli piaceva scherzare così adesso. In passato gli avrei dato un pugno. Ora, dovevo ammettere che era leggermente divertente. Era divertente quasi quanto Kianna: la spinsi fuori dalla mia mente.

Sbuffai. «*Fottiti*. Sei l'ultimo essere che vorrei come schiavo.» I pensieri di Kianna riempirono di nuovo la mia mente. Era una schiava di fabbrica prima che Zandia la acquisisse. Non una schiava del piacere, grazie al *kazo*. Se fosse stata una schiava del piacere, avrei passato ogni rotazione del pianeta qui con il desiderio di uccidere ogni essere malvagio che l'aveva usata.

«Quali sono le novità, allora?» Toccò il pulsante del volume.

L'elettricità statica riempì l'aria, poi frammenti provenienti da torri di controllo parlarono da centomila anni luce di distanza: c'erano due marriani che discutevano della velocità relativa necessaria per lasciare il loro pianeta.

«Il solito. Niente. Ancora.» Alzai il sopracciglio. «Dove sei diretto?»

«Un'asta di schiave del piacere. Stiamo cercando femmine umane.» Incrociò le braccia. «Di cui abbiamo appreso dal nostro scanner ufficiale e dai nostri dispositivi di ascolto delle comunicazioni approvati dall'esercito.»

«*Fottiti*.» Feci una smorfia, senza troppa convinzione. «Dove?»

«Nella cintura di Midrian.»

Fischiai, un tono basso. «Non è ancora un territorio mortale?»

Annuì, cupo adesso. «Ma abbiamo Mirelle.»

Strinsi le labbra. «Certo.» Persino io riconoscevo che la loro squadra era più forte con lei; che potevano fare con lei cose che non avrebbero mai potuto fare prima. «State attenti.»

«Sempre.» Sorrise. Mi toccò la spalla. Uno sguardo

preoccupato gli adombrò il volto. «Sembri arrabbiato. Tutto ok?»

Kazo questi maschi zandiani accoppiati e la ritrovata sensibilità emotiva che derivava dalle loro umane.

Alzai le mani. «Sto bene.»

«Va bene.»

Non era così sentimentale: sapeva lasciarmi in pace quando ne avevo bisogno. Salutò e corse verso la sua navicella, e fui sollevato nel vederlo andare via.

Quando se ne andò, presi il mio scanner e lo aprii. Inserii la nuova parte su cui stavo lavorando dall'ultimo ciclo solare.

Il mio cuore iniziò a battere più forte, perché avevo pensato a questo per così tanto tempo.

La nostra attuale capacità di scansione arrivava solo fino a un certo punto. Ma avevo trovato un modo per attingere ai satelliti ocreziani e trovare trasmissioni che rimbalzavano su questi ultimi, espandendo la nostra portata di un altro milione di anni luce. In parti della galassia che per noi erano state oscure. Silenziose.

Oh, certo, a volte potevamo intercettare le trasmissioni se le cercavamo. Ma questo qui avrebbe permesso un'enorme ondata di comunicazioni, come se stessi aprendo un gasdotto.

Potevo solo sognare quello che avrei scoperto. Sicuramente qualcosa sarebbe tornato utile a Zandia. Forse anche la cosa che desideravo più di ogni altra cosa.

O almeno la cosa che pensavo di desiderare.

* * *

KIANNA

. . .

«Così, ho raccontato ad alcuni dei miei studenti quello che hai fatto.» Mirelle prese una mela e la addentò. Il succo le scorse lungo il mento e lei se lo asciugò con una mano, poi si passò la mano sui pantaloni da volo sporchi. Ci trovavamo nell'area pranzo dove molte femmine umane si riunivano durante la rotazione del pianeta per mangiare insieme.

«Quello che ho fatto? Cosa intendi?» Sbattei le palpebre e misi giù la forchetta. «Mirelle?»

«Quella cosa che hai fatto per me.» Masticò e deglutì. «Sai, quando sei entrata nella mia testa e mi hai aiutata a ritrovare la mia mossa.»

«Mirelle!» Mi si rivoltò lo stomaco. «Non dovevi dirlo a nessuno.»

Lei sbatté le palpebre. «Quello che hai fatto...è stato stupefacente. Deve essere condiviso. Ho insegnato in classe e, Madre Terra, tutti i giovani guerrieri ora possono eseguire quel movimento. È incredibile. Senza di te, non sarebbe successo.»

«Ma è privato.»

Non avevo più fame. Spinsi via il piatto, lasciando la frutta intatta.

Mirelle si avvicinò a me sulla panchina. Abbassò la voce. «Penso che potresti farlo a più esseri. E che sarebbe un bene per te quanto lo sarebbe per loro.»

Il cuore iniziò a battermi forte. «Riesco a malapena a farlo da sola. Non sapevo nemmeno se avrebbe funzionato con te. E probabilmente ha funzionato con te solo perché siamo amiche.»

«Ho provato a farlo con Sparr, ma non sapevo come. Per favore, puoi provare?» Mi prese la mano. «È così intelligente e talentuoso, ma è quasi pronto a rinunciare al corso di combattimento e a unirsi agli operatori agricoli. So che, se riuscisse a ottenere questa svolta, sarebbe a un altro livello.»

«Aiutarlo a fare cosa?» Incrociai le braccia.

«Allora, hai presente come ero bloccata con la mia mossa? Lui ha difficoltà a ricordare la sequenza di azioni che deve compiere per un generale...» E poi disse alcune cose che per me erano come delle sciocchezze confuse, perché erano tutte parole da combattente.

Sentivo il flusso del sangue nelle orecchie. «No, non posso.»

«Ma gli ho già detto che l'avresti fatto.» La voce di Mirelle era paziente.

«Oh Madre Terra. Sei davvero tremenda.» La guardai accigliata. «Non ne avevi il diritto.» Eppure, una parte di me prese vita. Ricordai quanto fosse stato fantastico aiutare Mirelle. Avrei potuto farlo di nuovo? Per un altro essere?

«Mi dispiace.» Inclinò la testa. «Ma è importante. E hai detto che volevi essere più guerriera, giusto? Questo aiuta i combattenti. Sta aspettando laggiù.»

Fece un gesto oltre il nostro piccolo boschetto per il pranzo e lo vidi: un guerriero alto e bello, che aspettava sotto un albero, il suo linguaggio del corpo teso. Come se stesse aspettando qualcosa di brutto.

«Va bene, ma Mirelle, sei in debito con me.»

«Va bene.» Diede un altro morso alla mela e la posò. «Possiamo andare adesso? Gli ho detto che lo avresti fatto molto velocemente.»

«Oh Madre Terra. Sei più che in debito. Sei tipo in debito sette volte.»

«È giusto. Possiamo lasciare le nostre cose e tornare indietro.» Salutò il nostro cibo.

Da lontano, questo giovane maschio sembrava turbato quanto me.

Mentre ci avvicinavamo, alzò lo sguardo e l'espressione sul suo viso, di tale attesa e speranza, mi fece dimenticare la mia ansia. Tutto quello che sapevo era che volevo aiutarlo.

«Ciao.» Alzò il pugno con un angolo di 90 gradi, come

era tradizione per gli zandiani che si incontravano per la prima volta. «Io sono Sparr. Mirelle», la indicò con un cenno, «dice che potresti aiutarmi con un... problema.» Deglutì. Era chiaro che il suo orgoglio zandiano gli rendeva tutto questo difficile. A loro non piaceva chiedere aiuto.

«Non so se posso.» Inspirai. «Ma posso provarci.»

«Farà quella cosa» promise Mirelle e gli toccò il braccio.

Aggrottò la fronte. «Non sono abituato a un contatto così intimo. Mirelle mi ha spiegato che devi tenermi le mani.»

«Capisco.» Annuii. Ciò che avevo fatto con Mirelle era stato decisamente intimo, in un modo in cui gli zandiani di solito non si impegnavano. «Forse puoi sederti più indietro. Non hai bisogno di tenermi le mani. Ascolta semplicemente la mia voce e pratica la respirazione che ti insegnerò.»

«Accettabile» La sua voce era dura. Si guardò intorno, come per valutare la privacy.

«Possiamo andare alla cupola di combattimento.» Mirelle la indicò. «È vicina e a quest'ora sarà vuota.»

Mentre camminavamo, cercai di sincronizzarmi con l'essenza di questo essere. Era nervoso, ma forte. Giovane, ma non testardo, lo vedevo dal modo in cui camminava e si comportava. In realtà era reticente, pensavo, non solo con le sue parole, ma con le azioni. Come se non si fidasse ancora di sé stesso.

Come Mirelle, imparò velocemente le tecniche di respirazione. A differenza di lei, però, non voleva chiudere gli occhi e rilassarsi.

«Tengo gli occhi aperti.» Me li fissò addosso, con le spalle strette. «Devo stare sempre attento.»

«Capisco.» Mi guardai intorno. «Forse Mirelle può fare la guardia mentre tu ti rilassi.»

Valutò la cosa. Aggrottò le sopracciglia. «Non sono sicuro.»

«Va tutto bene.» Mirelle andò alla porta. «Fidati di me, Sparr.»

Esitò, poi annuì. «Va bene.»

Chiuse gli occhi, stretti. «E adesso?»

«Ora respiriamo e basta.»

Mentre ce ne stavamo seduti lì, all'inizio sentii solo frammenti di energia. Ma lentamente, mentre parlavo, sentivo che la mia voce lo stava rilassando, perché la corrente tra noi due iniziò a ronzare. Non ad alta voce, ovviamente, ma nella mia immaginazione. Potevo vederlo nella mia mente, fili di luce blu e gialla che collegavano i nostri petti…

«Rilassati e concentrati sulla stella zandiana.» La mia voce era dolce come il miele. «Tutto ciò che puoi vedere è la stella.»

Sbatté le palpebre e rilassò gli occhi. Alla fine, se ne rimase seduto lì senza neanche un muscolo contratto.

Mentre continuavo a parlare, sentii arrivare il momento giusto.

«Ora voglio che tu pensi al tuo obiettivo. Che cos'è?»

«Devo memorizzare la sequenza di…» e disse la cosa che aveva menzionato Mirelle, e questa volta ebbe ancora meno senso.

Ma non importava che lo capissi. Tutto ciò che doveva accadere era che lo capisse lui.

«La conosci già» gli assicurai. «Ripetila lì, nella tua mente. Lentamente. Metodicamente. Passo dopo passo. La conosci perfettamente. Lascia che sia il tuo corpo a eseguirla.»

Oscillò avanti e indietro, mosse le mani. Piccoli gesti, stringere e allentare i pugni.

«Dimmi cosa stai facendo.» Mi concentrai sulla luce.

«Sto avviando la registrazione automatica» iniziò. «Poi aggiusto le variabili di input.» Proseguì, con voce fluente e forte, attraverso una recitazione di dieci minuti (senza esagerare) di istruzioni complicate. Peraltro, erano indicazioni un po' noiose. Ma attraverso di esse, il suo corpo si era ammorbidito e rilassato, la sua voce scorreva senza intoppi.

Quando ebbe finito, respirò profondamente.

«Ecco fatto.» Annuii. «Ce l'hai. La senti dentro di te?»

Inclinò la testa. «Sì, certamente.»

Aprì gli occhi. Sbatté le palpebre. Sembrò un po' disorientato per un secondo. Aggrottò la fronte, come se si stesse concentrando. Mosse le labbra, come se stesse recitando qualcosa, poi spalancò gli occhi per la sorpresa e la gioia.

«La so. La so!» Balzò in piedi. «Per la stella, la so!» Sembrò incredulo, poi determinato. «Mirelle, ce l'ho adesso. Riesco a farlo.»

Si girò sui talloni, poi si girò verso di me. Chinò formalmente la testa. «Grazie.»

«Prego.»

Aprì la bocca, come se volesse dire qualcosa di più, ma scosse la testa. «Devo andare.»

Dopo che se ne andò, Mirelle mi abbracciò. «Oh, Kee, sapevo che potevi farcela.» La sua voce era trionfante e quando la guardai aveva le lacrime agli occhi.

Ero confusa. «Perché *tu* stai piangendo?»

«Perché ne avevi bisogno.» Tirò su col naso e si asciugò gli occhi. «Kee, hai un dono. E se lo condividi, penso che sarai più felice. So che lo farai. Volevo che arrivassi a questo.» Le tremava la voce. «Volevo renderti più felice.»

«Non so di cosa stai parlando.» Ma il calore si diffuse dentro di me, come un bagliore.

«Non è bello aiutare gli altri? Voglio dire, lo fai sempre al lavoro. Ma una cosa del genere, qualcosa di unico?» Mi guardò negli occhi, stringendomi le mani. «Non è qualcosa di diverso?» La sua voce si fece sommessa. «Come una magia?»

Chiusi gli occhi e mi concentrai sulla luce. *L'erba frusciava nel vento e Rhianna mi stringeva le mani. Era mia madre e mi amava.*

Lasciai andare prima di spingere troppo forte. Ma adesso il fatto era dentro di me: ero stata amata, e profondamente. Non avrei riavuto mai indietro Rhianna, ma quell'amore era in me e potevo usarlo, condividerlo.

Aprii gli occhi e Mirelle era lì, che mi guardava con amore. Non era mia madre, ma era la mia migliore amica e la presi tra le braccia. «È come una magia.»

Adesso ero io a piangere. Tutto quello che sapevo è che forse non avrebbe avuto molta importanza, per quanto riguarda Mykl, per Arc e Bow, per il mio passato scomparso. Se potevo aiutare le persone e condividere questa grande sensazione, avrei colmato il divario quel che bastava per andare avanti.

CAPITOLO SEI

K *ianna*
Ero a caccia di guai. E intendevo *letteralmente* a caccia di guai.

Me ne stavo alla mia postazione di lavoro con le gambe nude leggermente divaricate e il sedere all'insù. Prima di andare al lavoro avevo indossato una tunica corta, troppo piccola, senza leggings e un paio di stivali alti fino alla coscia. Il tessuto aderiva alle mie curve e gli stivali mettevano in risalto le mie gambe. Era assolutamente provocante, proprio come volevo.

Volere la punizione di Mykl era, nella migliore delle ipotesi, masochista. Sapevo come sarebbe andata a finire, mi avrebbe respinta, ancora una volta. Eppure, non riuscivo a smettere di pensare alla sua ultima punizione. Al modo in cui aveva preso il controllo del mio corpo con tanta facilità, in cui aveva scaricato la sua frustrazione sul mio culo. Al modo in cui mi aveva dato piacere dopo. Aveva lasciato che io gli dessi piacere.

Lo volevo di nuovo.

Ne avevo bisogno.

Dopo la nostra conversazione dell'ultima volta, non nutrivo l'illusione di oltrepassare le sue barriere e convincerlo ad accettarmi. Capivo che credeva di non poterlo fare. Ma questo non cambiava il mio desiderio di attirare la sua attenzione.

Sentii la porta aprirsi e chiudersi dietro di me. I passi pesanti di Mykl risuonarono, poi si fermarono. Quando ripresero, li sentii venire rapidamente verso di me. Cercai di reprimere il sorriso.

«Kianna. Che *kazo* indossi?» Il ringhio profondo di Mykl mi arrivò dritto al midollo.

Mi girai e gli mostrai quanta più innocenza possibile con gli occhi spalancati. «Cosa intendi?»

Il suo sguardo percorse le mie curve e si fermò sulle gambe. Lo vidi deglutire e notai che il rigonfiamento nei suoi pantaloni era cresciuto. Per un lungo momento nessuno dei due si mosse, fatta eccezione per le antenne che si ingrossarono e si inclinarono nella mia direzione. Gli occhi gli brillarono di una tonalità di ametista distintamente zandiana, come due gemme scintillanti. Quando li sollevò di nuovo, con apparente sforzo, verso il mio viso, li strinse. «Pensi che questo sia un gioco, piccola umana? Provocare il tuo maestro per poi ridere con le tue amiche?»

Trattenni il fiato. Non volevo rispondere in alcun modo che potesse ritardare la mia punizione.

«Allora?» sbottò.

Forzai le mie labbra a muoversi. «No, Maestro.»

Di solito non lo chiamavo così. Avevo preso l'abitudine di comportarmi in modo fin troppo familiare, sfidando il suo vecchio e noioso bisogno di formalità e rispetto. Sfidando le sue convinzioni sui ruoli che gli umani avevano nei confronti degli zandiani. Non avevo mai voluto avere un atteggiamento sottomesso e cedere alla sua autorità.

Finora.

O forse avevo sempre voluto cedere, desideravo solo prima una piccola dimostrazione pratica.

Con mia soddisfazione, mi afferrò il braccio e mi fece girare verso la mia postazione di lavoro. Una grande mano mi batté sulla nuca e mi spinse il busto sul tavolo.

«Vuoi stuzzicare il mio cazzo, Kianna?» La sua mano piombò sul mio sedere, con forza.

Soppressi la mia risatina nel sentirlo dire *cazzo*. Non avrei mai creduto che avesse la capacità di parlare sporco. Lasciai che i miei fianchi si muovessero, un leggero movimento del sedere inteso ad attirarlo.

Funzionò.

Spostò la mano dalla mia nuca tra le scapole e mi tenne ferma mentre mi sculacciava. Era sexy e forte, ogni schiocco bruciava quando arrivava il successivo. Era esattamente ciò che desideravo. Soddisfacente a un livello profondo.

Era connessione.

Soddisfazione.

Completamento.

No, non completamento. Non ancora. Ma una ragazza poteva sempre sperare.

La mano di Mykl afferrò il retro della mia tunica e smise di sculacciarmi per tirarla su fino alla vita. Il suo respiro affannato mi confermò che aveva scoperto cosa indossavo sotto. Le mutandine erano di seta di ragno nera con piccoli fiocchi dietro le gambe e uno spacco in alto che mostrava la parte superiore del culo. Amber ne aveva ordinato un paio per entrambe quando si era accoppiata, ma fino ad ora non avevo mai indossato le mie.

Borbottò un'imprecazione in zandiano che non avevo mai sentito prima. «Togliti le mutandine.» Le parole gli uscirono secche, come se lui stesso si trattenesse dallo strapparmele di dosso. Il pensiero che il mio rigido capo perdesse il controllo con me mi fece stringere la figa dal bisogno.

Agganciai i pollici alla vita delle mutandine e feci per trascinarle lentamente lungo i fianchi e sopra gli stivali. Le sfilai e lui me le strappò di mano mentre mi alzavo.

«Di nuovo in posizione» scattò.

Con piacere.

Mi chinai sul bancone, allargando leggermente la mia posizione.

Mi premette una mano sulla schiena e iniziò a sculacciarmi forte e veloce. Dovetti concentrarmi per restare in posizione, perché la voglia di muovermi fu immediata. Non si fermò finché il mio culo non fu caldo e bollente, e fu allora che mi sculacciò tra le gambe.

Sussultai, inclinando il sedere e unendo i piedi.

Mi diede una pacca sulla parte posteriore delle cosce. «Apri quelle gambe. Volevi che vedessi quella bella figa. Mostramela.»

Non riuscii a trattenere il gemito che mi scappò dalle labbra. In parte era dovuto al bisogno sfrenato, in parte alla paura. Il cuore mi batteva forte per l'eccitazione. Trascinando il labbro inferiore tra i denti, allargai la posizione.

Mi schiaffeggiò di nuovo la figa. Le mie pieghe erano bagnate e gonfie e il suono della sculacciata fu carnale. Gemetti.

«Se pensi che questa volta ti darò piacere, ti sbagli di grosso» disse, ma mi sculacciò di nuovo la figa.

Roteai gli occhi all'indietro.

Era fuori strada, come al solito.

Questo *era* piacere. Sarei potuta venire con una sola sculacciata alla figa. Il bruciore al culo e la posizione umiliante non facevano altro che aumentare la tensione erotica del momento. Un altro schiaffo. Ripresi fiato, poi lo tirai fuori con un gemito. La mano che avevo nella parte bassa della schiena si spostò sulla parte superiore del bacino e quando mi immobilizzò, ebbe l'effetto di farmi inclinare ancora di più il sedere. Di allargare le natiche, presentandogli la figa, fino a quando non dovetti mordermi le labbra per trattenermi dall'urlare.

Avevo bisogno di toccarmi. Volevo tantissimo finire.

Lasciai scappare un gemito e Mykl si fermò di colpo, come se si fosse appena reso conto che mi stava dando piacere.

No.

Non fermarti.

Frenetica, mi allontanai dal tavolo e mi piazzai la mano sul monte di Venere, strofinando, strofinando, strofinando, finché...

Stelle, sì.

Dolce Madre Terra.

«Ho detto che potevi venire?» tuonò Mykl.

Sussultai per l'intensità del suo rimprovero e quando guardai alle mie spalle la sua espressione, mi convinsi che anche lui ne fosse sorpreso. Per qualche istante restammo a fissarci, ansimando. Volevo che mi baciasse. Oppure mi scopasse.

Mi andava bene tutto tranne che se ne andasse.

Lanciai uno sguardo furtivo al suo cazzo che gli tendeva i pantaloni. Mi avrebbe permesso di fargli...

Aggrottò la fronte e scosse velocemente la testa. «No» disse dopo un momento. Senza distogliere lo sguardo da me, raggiunse uno scaffale sopra di me e tirò giù l'olio di sella, un olio vegetale che usavamo per lubrificare i pezzi.

«Non ti permetterò di succhiarmi il cazzo durante questa rotazione del pianeta, Kianna.»

Lo guardai, ipnotizzata, mentre pompava una generosa quantità di olio nel palmo della mano.

«E sai già che non posso tenerti. Girati e torna in posizione. Metti fuori il culo.»

Mi resi conto della sua intenzione e spalancai gli occhi.

Accennò un leggero sorriso, facendolo apparire più sexy di quanto non lo avessi mai visto. Immerse le dita nell'olio e me lo spalmò sulle natiche, strofinandone una generosa quantità sull'ano.

Oh dolce Madre Terra. In cosa mi ero cacciata?

Il cuore prese a battermi in modo irregolare. Guardando indietro, osservai con affascinato terrore mentre liberava il cazzo dai pantaloni e accarezzava la lunga appendice viola con la mano unta.

Quasi gemetti alla vista della sua ferma virilità, il ricordo del suo acciaio vellutato nella mia bocca mi tornò in mente.

Mi allargò le natiche e annidò la cappella nell'ingresso posteriore. Trattenni il respiro e chiusi gli occhi.

Non accadde nulla.

«Apri, Kianna.» La voce di Mykl era gentile, suadente. Nulla di quanto mi aspettassi. Sapeva che avevo paura e stava aspettando che mi sentissi pronta.

Questa consapevolezza mi confortò e mi rilassò. Mentre espiravo, lui spinse dolcemente, facendo breccia nel mio ingresso con la cappella.

Gridai, scioccata dall'intrusione. Mykl continuò a spingere in avanti finché la testa non allargò il mio stretto anello di muscoli, poi si fermò mentre ansimavo, abituandomi alla sensazione di essere allargata. Mi sentivo pienissima.

«Mykl» lo supplicai.

«Stai andando benissimo, Kianna.» Ancora una volta, fui sorpresa dalla sua cura, dal suo incoraggiamento. Tuttavia, riusciva a malapena a tenere a freno il suo bisogno. Affondò le dita nei miei fianchi e sentii il tremore delle sue cosce contro il mio sedere. «Prendi il tuo padrone, adesso. Prendi tutto di me.» Si spostò in avanti e io mi concentrai sul rilassamento per lasciarlo entrare. Ogni centimetro mi riempiva, mi allarga, togliendomi tutto.

Non avevo mai saputo quanto desiderassi arrendermi. In

tutti questi mesi avevo spinto e pungolato Mykl, sfidandolo a fare qualcosa per risolvere questa attrazione tra noi. Poteva anche avere le sue ragioni per non accoppiarsi con me, ma ora ne avevo la certezza. Non si poteva negare questa attrazione caotica tra di noi. E vederlo prendermi completamente, esigere la mia resa totale e completa alla sua autorità, mi sembrava *giustissimo*.

Spinse fino in fondo, poi arretrò e mi riempì di nuovo. Ogni colpo mi cambiava. Riorganizzava le molecole stesse della mia esistenza. Ero sua, completamente. Nessuna presa in giro, nessuna irritazione. Solo il suo potente controllo sul mio corpo. Il suo bisogno corrispondeva al mio.

Il suo piacere si intrecciava con il mio.

Pompò dentro di me, dapprima lentamente, poi con spinte brevi e veloci. Mi colpiva il sedere con i lombi, punendomi una seconda volta con il suo grosso cazzo, mandandomi tremori di piacere lungo le cosce.

Mi coprii la bocca per attutire le grida, perché riempivano la stanza: i miei lamenti bisognosi si intrecciarono con i suoi ringhi e grugniti profondi finché non creammo una sinfonia di suoni, una sovrapposizione allo schiaffo di pelle contro pelle.

«Kianna, sì... *kazo*, sì.» La voce di Mykl divenne aspra, rotta.

«Prendilo» lo esortai, anche se non avevo idea di cosa lo stessi incoraggiando a prendere. Il suo piacere? Il mio culo? Il mio cuore.

Sì, prenditi tutto, Maestro. Per favore.

«Sto per venire» ringhiò, colpendomi forte a ogni strofa.

«Sì» sussultai. «Ti prego.»

Lui raggiunse la parte anteriore dei miei fianchi e mi schiaffeggiò di nuovo il clitoride e io esplosi nel climax, con le stelle che scoppiavano e danzavano davanti ai miei occhi.

Ruggì e mi scopò il culo più forte, più velocemente, finché anche lui raggiunse la sua cima e si lanciò oltre.

Quando mi si schiarì la vista, mi ritrovai a fissare la mia superficie di lavoro, con il busto di Mykl piegato sopra il mio, che mi cullava.

«*Kazo*, Kianna.» Mosse le labbra contro il mio collo. «È stato... imprudente. Mi dispiace.»

Sentii il curioso bisogno sia di ridere che di piangere. Sapevo che era meglio evitare entrambe le cose quando Mykl era nei paraggi, quindi non dissi nulla. Dopo un momento, si staccò da me. Si avvicinò al lavandino e bagnò un asciugamano, che poi riportò per pulirmi.

«Kianna.» Sembrò di nuovo rigido.

Abbassai la testa e mi infilai le mutandine che lui mi porse. «Non devi dire nulla.» Le tirai su e mi sistemai la tunica. «Conosco la tua posizione.»

Riportai la concentrazione sulla mia postazione di lavoro, presi la cella energetica su cui stavo lavorando e la esaminai con molta più intensità di quanto non richiedesse il lavoro.

«Giusto. Bene.»

Non guardai oltre.

Dopo un attimo Mykl se ne andò e io mandai giù il nodo che avevo in gola.

Era andata a finire come sapevo sarebbe andata.

Ma comunque, il mio cuore si stava spezzando in un milione di pezzi.

Dovevo fermare tutto questo. L'unica persona ferita qui ero io.

* * *

*M*YKL

. . .

NON AVREBBE DOVUTO FARE COSÌ TANTO MALE.

Lasciare Kianna alla sua postazione di lavoro dopo averla presa così brutalmente, dopo averla punita e averle *fottuto* il culo, era tutto sbagliato.

Eppure, non sapevo cos'altro fare.

Non potevo accoppiarmi con lei. Le avevo già spiegato perché non potevo.

Sapeva perché non potevo.

Perché, allora, mi aveva spinto a farlo?

Perché gliel'avevo permesso? Sapevo cosa stava facendo e mi ci ero comunque infilato.

Lo desideravo tanto quanto lei.

E come l'ultima volta, l'orgasmo che avevo avuto era andato oltre qualsiasi esperienza avessi avuto nella mia vita. Era come se Kianna sapesse come sbloccare una parte maschile di me che avevo buttato via quando avevo scoperto che non potevo più servire il mio re come guerriero.

Ma provenivo da una lunga stirpe di guerrieri.

Ed era per questo che dovevo accoppiarmi con una zandiana, come avevo promesso a mio padre.

Non potevo permettere che quello che era successo accadesse di nuovo con Kianna. Le avevo solo fatto del male, e lei era l'ultimo essere su Zandia che avrei voluto ferire. Era troppo preziosa per essere trattata come una schiava del sesso su cui potevo chinarmi e tormentare ogni volta che mi faceva comodo.

No, meritava qualcuno che potesse essere un vero compagno. Offrile l'amore e le risate che gli umani bramavano.

E anche se non fossi stato completamente dedito a Zandia, non sarei stato capace di coltivare una relazione con un essere umano. Mi mancava la sensibilità necessaria.

No, Kianna stava meglio senza di me. E se avessi avuto

bisogno di trasferirla a un altro maestro per tenerla lontana, lo avrei fatto.

CAPITOLO SETTE

M *ykl* Avevo aspettato così a lungo che, quando sentii le parole dei pirati spaziali lontani, all'inizio non ci credetti.

Lasciai cadere il sintonizzatore automatico e questo risuonò sul tavolo di lavoro mentre afferravo lo scanner, come se tenerlo in mano mi ci potesse avvicinare.

«Una femmina zandiana... settore B... diretta all'asta a Segron 8...»

Poi sentii l'elettricità statica, ma avevo ottenuto ciò di cui avevo bisogno. Attivai la mia unità di comunicazione.

«Maestro Seke!» Il mio tono era feroce e urgente. «Richiesta missione di emergenza. Pare che una donna zandiana sia diretta all'asta.»

La risposta di Seke fu immediata. «Dove?» La sua tesa eccitazione emerse dal tono.

«Nel settore B a Segron 8.»

«Non abbiamo mai volato in quello spazio aereo.» La voce del Maestro Seke sembrava rotta. «I piloti dovrebbero sopportare cinque volte il normale salto nell'iperguida solo per entrare nel territorio. È più lontano di molti anni luce di quanto non abbiamo mai viaggiato.» Fece una pausa. «Inoltre, non disponiamo del navigatore automatico per quelle aree. Le bande solari sono mortali.»

«Sai che dobbiamo farlo.» Non era nemmeno una domanda. Alzai la voce. «Ho studiato le mappe stellari dei cicli solari. Le ho memorizzate.» Fui brusco per l'urgenza. «Le conosco come le mie stesse mani. Possiamo farcela.»

«Non sei un pilota. Non sei addestrato per questo.» Sapevo cosa stava dicendo: *non sei un guerriero*. Avevo continuato con l'addestramento al combattimento manuale con il Maestro Seke sulla sontuosa capsula, ma quando si erano spostati nella capsula di addestramento e avevano iniziato ad addestrare i piloti, ero stato utilizzato per l'ingegneria a causa delle mie condizioni polmonari.

«Non ho bisogno di far parte della squadra di estrazione sul pianeta.» Mi tremavano le mani e strinsi i pugni. «Mandami a navigare. Rimarrò a bordo una volta arrivati e sorveglierò la navicella.» Dovevo farlo. Era il mio destino.

Rimase in silenzio, poi abbaiò degli ordini, chiaramente sul canale aperto a tutti i combattenti. «Squadra A: Lanz, Domm, Mirelle e Hektor, fate immediatamente rapporto al dottor Daneth per la preparazione avanzata dell'iperguida e per istruzioni. Squadra B: Arc, Bow, Sparr, avviate i rinforzi e preparatevi a rimanere al confine del settore B nel caso in cui fosse necessario il vostro aiuto. Restate sintonizzati per ulteriori istruzioni.»

Il mio dispositivo personale emise un segnale acustico e risuonò la voce del Maestro Seke. «Mykl: unisciti all'equipaggio A negli alloggi del dottor Daneth. Ma se hai qualche esitazione quando è il momento di passare alla navigazione manuale, interrompi immediatamente la missione. È chiaro? *Non* perderò alcuni dei miei migliori guerrieri per una missione incerta.»

«Chiaro.»

Mi diressi verso la cupola della salute, dove i miei amici si stavano già sottoponendo a iniezioni e trasfusioni. Ricevendo maschere respiratorie e kit di dispositivi.

Era pericoloso, ma tutti sul nostro pianeta sapevano che, quando sentivamo parlare di zandiani, maschi o femmine, andavamo a prenderli. Faceva parte della nostra missione, del nostro onore, della nostra vita.

Forse non ero il guerriero che avrei dovuto essere. Ma potevo dare una mano e poi, quando avessimo salvato la femmina zandiana, mi ci sarei accoppiato e avrei mantenuto la promessa fatta a mio padre.

Avrei dovuto essere entusiasta. *Ero* entusiasta.

O no?

* * *

MYKL

«*KAZO*, è stato l'ipersalto più orribile che abbia mai fatto.» La voce di Lanz era annebbiata. Scosse la testa e il suo tono migliorò. «Stelle, è stato violento. Controllo della squadra. State tutti bene?»

«Bene» disse Domm con voce ferma.

«Sto bene.» La mia voce sembrava lontana, ma si uniformò mentre continuavo a parlare. «Va tutto bene.» Mi sentii stringere il petto. Non facevo un ipersalto da molti cicli solari e non ci ero abituato. Speravo solo che il mio corpo e i miei polmoni resistessero sul pianeta delle aste, dove l'atmosfera sottile e il contenuto più elevato di gas fluorurati erano difficili da gestire con facilità anche per i combattenti di prim'ordine.

«Sto bene» intervenne Hektor, l'altro membro della nostra squadra.

«Tutto ok» disse Mirelle con voce piatta. «Per me non è stato poi così male.»

«È per via della tua fisiologia più morbida.» Lanz si girò verso di lei. «Una volta che gli esseri umani si abituano all'iper, eccellono nel resistere alle pressioni quando hanno la preparazione adeguata.»

«Grazie alle stelle per il dottor Danesh.» Hektor si schiarì la voce. «È stato brutale. Non riesco a immaginare come sopravviveremmo senza il suo aiuto.»

«Mi servi ai comandi adesso, Mykl. Stiamo entrando nelle bande solari.» La voce di Domm era neutra, ma colsi l'espressione di urgenza nei suoi occhi. «Ricorda cosa ha detto il Maestro Seke. Per qualsiasi esitazione, interrompiamo. Nessuna vergogna, nessuna ripercussione. Questa è una missione molto pericolosa e non rischieremo la vita.»

Annuii. «Sto bene e posso farcela. Regolerò i comandi automatici quando necessario. Ho memorizzato le mappe. Soprattutto la parte in cui dobbiamo volare manualmente per entrare nel territorio aereo di Segron.» Le mie dita volarono sulla console e l'unica cosa che sentii fu la trepidante attesa.

«Segron è popolare tra i finn. Il dottor Daneth ci ha dato delle maschere da indossare nel caso in cui rilasciassero gas nervini tossici durante il nostro salvataggio. Spero solo che non abbiano ferito la nostra femmina per ripicca.» Il tono di Domm era basso e serio. «Nessuno di noi dovrebbe nutrire grandi speranze. Potrebbe essere... non salvabile.»

Non mi innervosivo mai. Ma la menzione del gas nervino e della ripercussione, degli zandiani resi inutili, mi fece girare la testa. Per un secondo, mi ritrovai in quella scuola da giovane a respirare il fumo nero-verde denso e nocivo. I polmoni mi bruciavano e stavo morendo e...

«*Kazo.*» Mi si annebbiarono gli occhi e mi strofinai il viso tra le mani.

Guardai di nuovo lo schermo. Con orrore, mi resi conto che la mia concentrazione era completamente distrutta. I miei occhi percorrevano le bande solari, incapaci di mettere a fuoco.

Feci un respiro profondo.

Mirelle piombò al mio fianco in un attimo. Era inquietante il modo in cui questa umana riusciva a leggere gli zandiani. «Cosa c'è che non va?»

«Non riesco a concentrarmi. Ho solo bisogno di un secondo per adattarmi.»

«Non ce l'abbiamo un secondo. Abbiamo bisogno che tu sia presente subito» disse con voce ferma. «Se non puoi farlo, devi interrompere.»

«*Posso farlo.*» Alzai la voce. «Solo che...»

«Qual è il problema?» Domm guardò oltre la mia spalla.

Ringhiai. «Non riesco a mettere a fuoco lo schermo.»

«Beh, devi provarci» disse. «Oppure lasciar stare. Abbiamo circa due minuti prima di dover agire.»

«Lo so.» La mia tensione aumentò. Ma il cervello si rifiutava di collaborare. «*Kazo!*» ruggii. Stavo per dire «interrompi...» quando Mirelle si avvicinò ai comandi e premette un pulsante. Senza preavviso, la voce di Kianna risuonò nelle mie cuffie. «Mirelle? Non sei in missione?»

«Sono in missione con Domm, Lanz, Hektor e Mykl. Abbiamo bisogno del tuo aiuto. Mykl ha bisogno di te.»

«Il mio aiuto?» disse alzando la voce con sorpresa. «Mykl?»

Il suono del mio nome pronunciato dalla sua voce mi provocò qualcosa di strano nelle viscere. Come se si stessero spostando e riassestando. Cercai di ignorare il senso di colpa che mi assalì. Come se non mi stessi comportando in modo leale con la mia donna. Non era così. Non le avevo mai promesso nulla. Sapeva che questo era l'unico destino onorevole per me.

«Mykl non riesce a concentrarsi. Parlane con lui.» Il tono di Mirelle era vagamente disperato. Ma anche fiducioso.

All'inizio fui inorridito dal fatto che lo dicesse davanti a tutti, inclusa – la cosa peggiore – Kianna.

«Kianna è un'addetta alla tecnologia, Mirelle. Non una combattente. Lei non ne sa niente di queste cose!» Sbattei il pugno sulla console.

«Lei ha un dono.» Mirelle mi toccò la spalla. «Fa questa cosa, entra nella testa degli esseri e li aiuta a fare le cose. Sembra pazzesco, ma credimi, funziona.»

Mi guardai intorno nella cabina. Erano tutti tesi, guardavano me e Mirelle. Sapevo quanto significasse questa missione per tutti noi. Non potevamo arrivare così vicini e poi fallire, a causa mia.

Sembrava pazzesco. Ma per qualche ragione, confidai che Mirelle sapesse cosa stava facendo. Non era uno dei migliori piloti di caccia di Zandia perché commetteva errori. Se diceva che Kianna poteva aiutarmi, allora ci credevo.

«Dille cosa c'è che non va. E fai esattamente quello che dice.» Mirelle si sporse in avanti. «Non abbiamo molto tempo. Se non riesci a capirlo, dovremo tornare indietro.»

«Se dobbiamo tornare indietro, va bene.» Domm scosse la testa. «Dobbiamo dare la priorità alla nostra sicurezza.»

«Non abbiamo scelta» sbottò. «Se non lo facciamo adesso, la femmina zandiana scomparirà. Non la prenderemo mai.»

«Allora parla con Kianna.» La voce di Mirelle era dolce ma ferma. «Cosa hai da perdere?»

Annuii. «Va bene.»

Mi toccai l'orecchio, l'auricolare, come se questo potesse avvicinarmi a Kianna.

La sua voce mi riempì la testa. «Mykl, dimmi cosa c'è che non va.»

«Non riesco a concentrarmi.» Non riuscii a descrivere correttamente il problema. «Ho memorizzato il percorso, ma ora non riesco a recuperarlo. È perso nella mia testa.»

«Va bene.» Fece un respiro e immaginai il suo aspetto. La piccola ruga che le veniva tra le sopracciglia quando si concentrava. Il movimento delle sue labbra carnose color bacca. «Chiudi gli occhi. Voglio che tu inspiri ed espiri profondamente. Segui il mio respiro, ok?»

Attraverso il comunicatore, respirò in modo udibile e io seguii la sua respirazione, allineando la mia alla sua. Respirava più lentamente di me e, dopo qualche istante, un senso di calma mi travolse.

Fu come se lo percepisse. «Ora voglio che tu respiri ancora più profondamente. Inspira contando fino a tre, poi espira contando fino a tre. Concentrati sulla stella zandiana. È tutto ciò che devi vedere, proprio al centro della tua fronte, proprio al centro della tua mente. Devi guardarla e respirare semplicemente.»

Immaginai la stella, che brillava di un bianco e argento caldo, brillante, proprio nella mia mente.

Kianna stava ancora parlando, ma le sue parole fluivano in un rilassante mélange di suoni, e tutto si calmò mentre la stella pulsava sempre più luminosa nella mia mente.

Non mi ero mai sentito più vicino di così a lei, a nessun essere. Per una frazione di secondo, qualcosa dentro di me si oppose alla missione. Perché ero qui fuori? Perché non ero lì, con lei, a farla mia? A questo punto, sembrava tutto così chiaro: era destinata a me, anche se era umana. Come avrei mai potuto dubitarne?

Quando mi suggerì di pensare alle bande solari e di rivedere i percorsi nella mia mente, fu la cosa più semplice da fare. Eccoli lì, disposti davanti a me, chiari e luminosi come qualsiasi cosa io avessi visto in passato. Il percorso che avevo memorizzato era lì, evidente, facile. La sua voce mi guidò verso di loro, e poi ritrovai tutto. Improvvisamente era tutto acceso.

Aprii gli occhi e presi i comandi. Eravamo al confine e avevamo finito il tempo. Ma potevo farlo adesso.

Non c'era tempo per spiegare quanto mi avesse aiutato, ma riuscii a dire: «Kianna, amore, grazie.»

Non sapevo perché avevo usato quella parola. E non avevo tempo per rifletterci, perché dovevo entrare in azione. «Rotta modificata su X-7.» Le mie mani danzavano mentre ci manovravo intorno e attraverso i mutevoli flussi. «Adatto a X-8. X012.»

Mirelle terminò la comunicazione con Kianna, e sentii lo spazio diminuire, come se lei fosse davvero qui con me, tra le mie braccia come prima. Ma non c'era tempo neanche per pensare a questo.

Far muovere il velivolo era come una danza, e tutti noi eravamo impegnati in tutto lo spazio aereo, finché il pianeta non si profilò davanti a noi, splendente nel nostro vetro di osservazione, con tutte le sue lune e i satelliti che danzavano in orbita.

Ci eravamo. Ed era il momento di agire.

* * *

MYKL

«*KAZO, DOVE SONO FINITI?*» Guardai ripetutamente il comunicatore del mio braccialetto, ma rimase muto. Silenzioso.

Mi trovavo sulla nostra navicella, ancora occultata,

parcheggiata in un isolato pezzo di deserto a diverse miglia dalla cupola dell'asta. Ero di sentinella con Hektor.

Ma stavo morendo dentro.

C'era una femmina zandiana qui e non avrei contribuito a salvarla.

«Avrebbero dovuto essere tornati a quest'ora.» Ringhiai.

Hektor osservò gli schermi per vedere se c'era movimento. «Pazientiamo. Non sappiamo quali ostacoli abbiano incontrato.»

«Conosci i protocolli. Se una squadra impiega più di una volta e mezzo il tempo assegnato previsto, dobbiamo inviare una squadra di back up.»

Hektor guardò il comunicatore da polso. «Sono ancora nei tempi.»

«Non va. C'è qualcosa che non va bene.»

Camminai lungo la navicella e guardai fuori dai finestrini. «Penso che siano nei guai.»

«Il comandante Lanz ci ha detto espressamente di non seguirli a meno che non avessero raggiunto il limite massimo di tempo.»

Presi una decisione. «Io vado.» Presi il giubbotto e l'attrezzatura per le armi.

Hektor aggrottò la fronte. «Dovremmo restare entrambi qui.»

«Hanno bisogno di me. Ed è sufficiente una solo persona di guardia.»

Indossai la maschera facciale dotata di tecnologia di camuffamento per non essere riconosciuti come zandiani, e il copricapo che nascondeva le antenne.

Mi allenavo ancora duramente, combattente o no, e fu facile correre verso la cupola.

Mentre mi avvicinavo, rallentai il passo e mi confusi tra la folla di esseri casuali nel piccolo aeroporto, tenendo gli occhi bassi e il passo fermo. Questo era un luogo dove gli esseri non facevano domande e nessuno voleva interagire più del necessario. Non fu difficile comportarmi come se fossi del posto.

Le cupole delle aste puzzavano sempre: corpi non lavati, paura e sesso. E non in senso positivo. Non ne visitavo una da molti cicli, e fu difficile mantenere la calma mentre varcavo la porta verso il vasto spazio buio e affollato.

Le grida e la miseria abietta delle schiave, legate, che chiedevano l'elemosina, mi riempirono di una rabbia impotente così forte che strinsi i pugni e dovetti fare un respiro profondo per non iniziare a uccidere schiavisti a destra e a manca.

Avevo una missione. Mormorai delle scuse all'unica vera stella e scrutai la zona, alla ricerca dei miei compagni. E della femmina zandiana.

Superai una folla di acquirenti riuniti attorno a un'esile creatura verde incatenata in una gabbia di ferro grezzo. Il suo proprietario la pungolava con uno shock stick e lei urlava; la folla rideva e spintonava, gridando i numeri. Offrendo stein.

I suoi occhi erano luminosi e umidi e io distolsi lo sguardo perché se avessi continuato a guardare... *fanculo* questo posto. *Fanculo* la nostra galassia e il modo in cui gli esseri si trattavano tra loro.

Ringhiai e accelerai il passo, abbassando la testa perché ero convinto che la rabbia nei miei occhi avrebbe bruciato come un laser e avrebbe reso chiaro che mi trovavo qui solo per una ragione: salvare.

Fu allora che li vidi. Le mie antenne si misero in allerta alla vista della femmina zandiana viola.

E avevo ragione: c'erano problemi.

Lanz avrebbe dovuto provare a comprarla a titolo definitivo usando gli stein: era lì. Mirelle, travestita da maschio, era dietro e Domm era dall'altra parte della cupola.

Ma la folla urlava e spingeva, ancora più frenetica di quella attorno alla creatura verde, ed era chiaro che non sarebbe finita bene.

Incrociai lo sguardo di Lanz e notai subito che era contento che ci fossi anche io. Avremmo dovuto prenderla e scappare, perché questa folla era fuori controllo.

Mentre mi facevo strada, due middraxiani iniziarono a litigare, poi uno sventrò l'altro con gli artigli affilati.

L'odore delle viscere salì come una nuvola di gas tossico e gli altri esseri tossirono. Un ocreziano si fece largo direttamente nel caos con il suo stivale, senza problemi, e alzò la mano verso il proprietario.

Altri fecero un passo indietro, perché possedeva uno storditore a lungo raggio ed era impostato a una potenza elevata.

La femmina zandiana mi vide. Quando i nostri sguardi si incrociarono, ci fu un brivido, il riconoscimento. Sapevo che mi aveva riconosciuto come suo simile: i cristalli nelle nostre cellule si chiamavano a vicenda. Era un segnale debole, però: senza il cristallo zandiano che le forniva l'energia della forza vitale, era sopravvissuta solo con il cibo. Ciò significava che era piccola, come le due figlie del Maestro Seke sopravvissute in schiavitù.

Lanciai lo sguardo su Mirelle, Lanz, Dom. Stelle, seguì il mio sguardo. Femmina intelligente. Questo non mi sorprendeva; dopo tutto, era zandiana. Ma era comunque sorprendente che pur senza parole stesse già comunicando con me.

Sarebbe stata una compagna perfetta. Naturalmente, prima dovevamo salvarla.

Domm girò la mano in un gesto che il Maestro Seke insegnava ad ogni guerriero. Era il segno del sistema di attacco 4. Ciò significava che al suo comando ci saremmo mossi in modo pre-programmato, ognuno svolgendo un compito. Dato che originariamente non avevo fatto parte del piano, mi sarei aggiunto dove necessario.

La femmina sgranò gli occhi. Era legata da corde e catene, ma Domm aveva gli strumenti per tagliarle. Mirelle aveva delle armi, anche Lanz e io avevo me stesso.

«Andiamo.» Domm parlò in zandiano e tutti noi entrammo in azione.

Lanz impiegò pochi secondi a tagliare la gola dell'ocreziano, quello che aveva già le sue unghie affilate sul corpo della nostra zandiana. Gli ocreziani non si arrendevano mai; ucciderlo era l'unica opzione, se non volevamo che ci seguisse senza sosta.

«Hektor, fai planare la navicella e raggiungici sulla pista» Domm gridò l'ordine nel suo comunicatore, poi si girò e lasciò cadere un midraxxiano rabbioso.

Mirelle fece fuori lo schiavista con il suo calcio circolare e un urlo che fece vacillare la folla.

Io usai i pugni e il pugnale per liberare la strada e non appena Domm la liberò dalle catene, la presi tra le braccia.

Lei mi afferrò ma svenne, chiuse gli occhi e capii quanto era fragile.

«Sei al sicuro adesso» le dissi in zandiano, e lei spalancò gli occhi. «Sei mia ora. Ti proteggerò.» La mia voce era feroce. «Sei mia. Ti farò da compagno e mi prenderò cura di te. Non ti deluderò.»

Mi guardò con meraviglia, forse senza capire, poi svenne di nuovo sulla mia spalla.

«Veloci.» Cominciai a correre, i polmoni già mi bruciavano. Sussultai più forte e andai nel panico. Gli altri stavano ancora respingendo gli aggressori e dovevo portarla sulla navicella. Non potevo fallire.

All'improvviso seppi cosa fare: ricordai Kianna. Come mi aveva parlato per portarmi attraverso le bande solari. Immaginai la sua voce dolce mentre parlava della stella. Mi concentrai su quella sfera luminosa e non pensai ad altro che a raggiungere la navicella. E volai.

Non appena superai le porte della cupola, attraverso i miei oculari intravidi il barlume della nostra navicella: era occultata per tutti tranne che per noi. La squadra mi seguiva alle calcagna.

Una volta a bordo, la fuga fu rapida e senza sforzo. La nostra navicella, così avanzata, era resistente a qualsiasi inseguitore, e presto passammo all'iper trovandoci lontani anni luce.

«Stai bene? Apri gli occhi.» Mi chinai su di lei, attento. Stavo ancora ansimando, con i polmoni in fiamme.

«Ecco, usa questa maschera. Riprenditi.» Domm cercò di darmi qualcosa e io lo respinsi.

La femmina aprì gli occhi. Ma invece di guardarmi, lanciò uno sguardo alle mie spalle. A Hektor. Lei sussultò e tremò, poi svenne e lui ringhiò. Si inclinò in avanti.

«Mettila nella capsula!» Non l'avevo mai sentito così feroce.

La mettemmo nella capsula curativa e l'energia cristallina brillò tutt'intorno a lei.

Afferrai l'impacco dal pavimento e me lo misi alla bocca, ansimando per la miscela curativa che lenì i miei tessuti cicatrizzati. C'era una ragione per cui non ero più un combattente: non riuscivo a tenere il passo in queste situazioni estreme. Grazie, *kazo*, per l'insolita assistenza di Kianna.

Kianna. Perché pensare a lei mi bruciava così tanto?

«Lasciatela per ora.» Domm alzò la mano. «Chiuderemo la capsula perché la guarigione sia massimizzata.»

Quando il coperchio pneumatico si chiuse con un sibilo, le luci si illuminarono più intensamente e il suo petto si alzò e si abbassò.

«Starà bene?» Mirelle, con gli occhi spalancati, mise le mani sul vetro, guardandola.

Eravamo tutti incantati. Non vedevamo spesso femmine zandiane e questa era stupenda.

«È bellissima.» La voce di Mirelle era sommessa. «Starà bene, sì?»

Nessuno di noi parlò. Alla fine, Lanz disse: «Penso di sì, sì. Era in piedi e cosciente quando siamo arrivati, solo debole, probabilmente a causa della vita senza cristalli. A meno che non abbia gravi lesioni interne, dovrebbe riprendersi e diventare forte rapidamente.»

Hektor strinse i pugni. «Se ne avrà bisogno, le darò il mio sangue. Le darò tutto.» Il suo tono era pieno di angoscia.

«L'ho reclamata.» Strinsi i pugni. Ancora una volta, il bruciore nel petto. «Le ho parlato mentre la trasportavo. Le ho detto che era mia.» Avevo sbagliato a rivendicarla, ma non avevo scelta. La promessa fatta a mio padre doveva essere mantenuta. Anche se, per la sopravvivenza della specie, re Zander probabilmente l'avrebbe concessa a non meno di cinque maschi. Ma non dovevo presentare una petizione per accoppiarla. Non con il decreto del re per le luci zandiane.

«Pensi che mi interessi?» Aveva gli occhi in fiamme. «Voglio solo vederla vivere. E prosperare. Se sceglie te, non importa.»

Distolsi lo sguardo. «Fratello, non desidero combattere.»

Lanz si fece avanti. «Nessuno di noi combatterà e tutti abbiamo bisogno di riprenderci. Mirelle, fluidi, subito. Voi altri usate i potenziatori di cristalli. Mykl, usa un altro impacco per la respirazione polmonare. Questo è un ordine.»

Ci ritirammo, obbedimmo, osservando la capsula curativa mentre usavamo i nostri kit. Hektor non riusciva a distogliere lo sguardo da lei, e avrei dovuto ringhiare e mantenere la posizione, ma mi ritrovai straordinariamente... poco entusiasta.

Anche mentre guardavo la femmina che avevo rivendicato, i miei pensieri tornarono a Kianna. Il suo profumo, la sensazione dei suoi capelli setosi tra le mie dita, la sua bellezza umana: diversa, ma non per questo meno squisita. Come mi aveva aiutato ad arrivare a questo preciso momento. Provai una tale gratitudine per lei che avrei voluto che fosse qui per poterla guardare negli occhi e dirle quanto fosse stata eroica, speciale.

Nella mia mente, la baciai. Immaginai come avrebbe reagito, i suoi piccoli gemiti e i piagnucolii. Ricordai quanto fosse morbida la sua pelle. A differenza della pelle zandiana, che era molto più soda e dura. Anche le femmine zandiane apprezzavano davvero il mix di dolore e piacere che le piccole e tenere umane sembravano bramare? Mi accigliai. Era difficile immaginare che fosse così. Anche se...chi poteva saperlo?

La femmina si agitò. Aprì gli occhi. Marrone chiaro bordato di viola. Alzò una mano e la cupola si aprì con un sibilo.

Si sedette, sbatté le palpebre, poi si alzò.

«Mi chiamo Alena.» Parlò in ocreziano, poi passò, esitante, allo zandiano. Come se ricordasse a malapena le parole. «Ho sentito dire che Zandia era libera, ma non sapevo come comunicare con la mia specie. Ma mi avete trovata comunque.»

Ci guardò uno dopo l'altro, soffermandosi su Hektor. Gli fece un piccolo sorriso, poi si girò verso di me. Il sorriso svanì. Mi guardò negli occhi, determinata e risoluta. «Mi hai reclamata mentre mi salvavi.» Chinò la testa. «Sono grata per questo salvataggio. Sarei onorata di essere la tua compagna.»

Feci un passo avanti e presi la sua mano lunga ed elegante nella mia. Era fredda e forte e non mi trasmise nessuna scintilla di eccitazione lungo la schiena. Era alta, come me. Percepii la sua forza silenziosa nel modo in cui si alzò.

Guardò ancora una volta Hektor, poi il pavimento. Abbassò le spalle.

«Io sono Mykl. Prometto che farò di tutto per rendere la

tua vita perfetta.» Alzai la voce per attirare la sua attenzione apparentemente debole.

Mi guardò e io la fissai in quegli occhi, così simili ai miei. Aspettai di sentire una scintilla di intenso riconoscimento, come se le nostre essenze fossero destinate a stare insieme. Notai invece che aveva delle pagliuzze dorate nelle iridi e che aveva un odore diverso da Kianna.

Presi fiato e le strinsi le mani. «Perfetta», ripetei, scandendolo, come se dirlo con più attenzione lo potesse rendere reale.

Questo era tutto ciò che volevo. Il desiderio di mio padre sul punto di morte, la mia promessa, la mia eredità. I miei geni. Era lei che stavo aspettando da tutto questo tempo.

Ma perché sembrava così sbagliato?

CAPITOLO OTTO

Kianna

«Ce l'ho fatta.» Ero su di giri e stavo gridando. Da sola nella mia stanza, ballai, girai. «Ce l'ho fatta!»

L'avevo sentito iniziare ad abbaiare comandi prima che la comunicazione si interrompesse, ed era chiaro che ovunque fossero diretti - non lo sapevo mai, perché le missioni erano riservate – l'avevo aiutato a superare il suo ostacolo mentale.

Mi sedetti sulla mia piattaforma del sonno e ridacchiai, pienai di gioia. Non mi ero mai sentita così vicina a lui come in questo momento, quando era letteralmente a centinaia di migliaia di chilometri di distanza, così lontano che senza la nostra navicella in grado di viaggiare al passo con la luce, non avrei mai potuto raggiungerlo nemmeno in un milione di anni.

Ma ero stata nella sua testa e mi aveva lasciato entrare. Aveva permesso che lo aiutassi. Era stato così intimo e fantastico che gridai e urlai di nuovo.

E aveva usato la parola *amore*.

Questo avrebbe cambiato tutto, lo sapevo e basta. Non mi

interessava cosa pensava o diceva sugli esseri umani: ciò che avevamo appena condiviso era stata una vera esperienza di legame. Doveva pensarla diversamente su di me adesso. Doveva essere così.

Sarei andata da lui, una volta ritornati. Sarei andata lì al molo di atterraggio, sulla pista, e non appena fosse sceso dalla navicella, l'avrei guardato negli occhi per vedere se avevo ragione.

Ma quando andai al campo, pronta ad aspettare per ore, se necessario, qualcosa non andava. Perché riuniti c'erano un centinaio di esseri, e tutti chiacchieravano raggruppati.

All'inizio temetti che qualcosa fosse andato storto, finché non vidi i loro volti: pieni di riverenza. Eccitati. Raggianti.

L'energia era palpabile.

«Che succede?» La mia voce era esitante, perché pensavo di saperlo. C'era qualcosa nel modo in cui gli zandiani guardavano il cielo, tutti insieme...

«Stanno riportando indietro uno zandiano.» Non so chi me lo disse, ma le parole mi trafissero come un coltello nel petto. «Una femmina.»

«Per l'unica vera stella. Sapevamo che ce ne dovevano essere altre là fuori.»

«È davvero sorprendente!»

Anche gli umani erano eccitati, tutti tranne me, ovviamente. Perché non avrebbero dovuto esserlo? Tutti amavamo Zandia. Chi non avrebbe voluto trovare altri elementi dei nostri ospiti, la cui specie era quasi estinta, vivi nell'universo?

Solo che sapevo cosa significava per me. Per Mykl. Tutto ciò che voleva era una femmina zandiana, e ora ne stava per ottenere una... una che, non potevo fare a meno di ricordarlo, avevo contribuito a recuperare.

Mi vennero le lacrime agli occhi e scossi la testa con una risatina. Quante probabilità c'erano? Era quasi divertente, in un modo orribile.

«Quando arrivano?»

«Qualcuno sa se è viva? Se è ferita?»

La folla stava diventando più rumorosa, ma man mano che altri esseri si avvicinavano, si appropinquarono anche il Maestro Seke e una falange di soldati.

«Sgomberate il campo, per favore» gridò uno di loro, la voce amplificata dal comunicatore. «A tutti gli esseri, ritornate alle vostre case, grazie. Riconosciamo che la notizia è entusiasmante e sarete tutti aggiornati non appena avremo informazioni. Ma abbiamo bisogno che vi allontaniate da quest'area per la vostra sicurezza e il benessere di coloro che si trovano sulla navicella in avvicinamento.»

Nessuno voleva andarsene; si capiva dal modo in cui trascinavamo i piedi, guardando verso il cielo come se avessimo potuto vedere le luci lampeggianti del velivolo se solo avessimo guardato ancora una volta.

Non andai a casa. Mi sedetti e aspettai in un boschetto appena oltre il campo. Non sapevo se tecnicamente avessi il permesso di stare qui, ma non c'era nessun altro in giro, quindi non aveva molta importanza.

Dovevo essermi addormentata perché mi svegliai all'improvviso con il rombo dei motori, l'elica di retromarcia e il rumore dell'asfalto.

Mi alzai, spostandomi i capelli arruffati dagli occhi e asciugandomi una scia di bava dalla guancia, guardandoli uscire. Prima Mirelle, grazie a Madre Terra stava bene: ogni volta che se ne andava, mi preoccupavo. Poi Lanz, Domm. Hektor.

Il personale di terra si accalcò intorno a loro e c'era un'équipe medica: riconobbi l'andatura rigida del dottor Daneth e i movimenti più morbidi di Bayla. C'era anche Cressa e un mezzo in attesa con luci lampeggianti: presumevo che stessero aspettando di portare immediatamente la femmina zandiana all'infermeria per le cure.

Trattenni il fiato.

E fu allora che li vidi. Mykl e la femmina zandiana. Doveva essere ferita, perché Mykl la stava portando tra le braccia.

Gli esseri riuniti intorno applaudirono e li acclamarono, e anch'io mi commossi, nonostante le mie preoccupazioni. Lei era bellissima; questo lo potevo vedere, anche da lontano. Ed era zandiana. Preziosa per questo pianeta. Necessaria per la sopravvivenza della loro specie.

Mi portai una mano alla bocca e trattenni il respiro mentre Mykl la sollevava senza sforzo per farla salire all'interno del velivolo medico, poi salì. Altro personale si unì a loro e il mezzo si allontanò, con le luci che tremolavano secondo lo schema di emergenza.

L'intero pianeta vibrava di nuova energia. Tutti diffondevano la notizia, gioivano, si interrogavano. Giusto in tempo per il solstizio di cristallo, l'arrivo di una femmina zandiana significava una benedizione da parte delle stelle, degli antichi, del passato di Zandia. Era un grande presagio per un futuro positivo. Tutti erano riuniti in una gioiosa celebrazione.

Fatta eccezione per me.

Non mi ero mai sentita più sola in vita mia.

* * *

KIANNA

«KEE, PER FAVORE GUARDAMI.» La voce di Mirelle era implorante. «Fermati e basta. Allontanati da quel video.»

Feci scorrere il dito e il volume dell'ologramma aumentò. *«Vuoi allenarti con le migliori? Sei in un momento di pausa tra un lavoro e l'altro su Zandia? Unisciti a noi in un corso di formazione*

intensivo di tre mesi per migliorare le tue abilità di combattimento.
Alla fine della sessione, non solo proteggerai e servirai meglio
Zandia, ma avrai trovato dentro di te riserve di forza che non
sapevi di avere. Competenze che ti prepareranno per qualunque
cosa accadrà dopo nella tua vita.»

Sullo schermo, le femmine umane mostravano calci
rotanti. Alcune di loro erano ritratte in un'immagine dietro a
un velivolo in volo. *«Queste umane, proprio come te, non sape-*
vano nulla di volo o addestramento al combattimento. Ora sono
pronte ad affrontare qualsiasi compito scelgano!»

«Non lo dicono apertamente» dissi a Mirelle, «ma questo
corso di formazione? È per le difettose. Quelle che nessuno
vuole.» Mi abbandonai contro la panchina. Eravamo sole nel
boschetto del pranzo ed ero ossessionata dal pensiero di cosa
avrei fatto adesso.

«È una sciocchezza.» Mi superò e scattò verso lo
schermo, e l'ologramma scomparve.

Parlai con il viso nelle mani. «Sai, le più grandi, forse,
sono ancora forti ma hanno superato l'età fertile. Quelle che,
per qualsiasi motivo, non sono adatte all'accoppiamento.
Tiene occupate le poverette, sai?»

Mirelle incrociò le braccia. «Laxmi ha frequentato quel
corso di addestramento e ha incontrato i suoi comandanti e
ora compagni, Derrack e Konner, mentre era schierata.»
Strinse gli occhi verso di me. «Ora hanno gemelli mezzo
sangue.»

«Un esempio aneddotico. Il resto di noi potrebbe anche
arrendersi adesso.» Sentii uno strano suono, una specie di
sussulto, a pochi passi di distanza. Probabilmente uno degli
uccelli Willi. Lo ignorai.

«Quindi, poiché non puoi avere il maschio che desideri,
stai rinunciando alla tua vita?»

Si sedette accanto a me. «Dai. Sei meglio di così.»

«Dimmi di lei.» Mi morsi il labbro.

Esitò. Ma sapeva di chi parlavo. «È... disorientata.» Alzò le spalle. «È difficile. Ne sapremo di più, la conosceremo tutti una volta che sarà dimessa e inizierà a interagire.»

«Cosa le è successo?»

Mirelle scosse la testa. «Non sono io a doverlo raccontare. Ma quello che posso dirti è questo. È stata ridotta in schiavitù per anni, è fuggita, poi è stata nuovamente ridotta in schiavitù. Non credo... ha visto un sacco di cose brutte, Kee. Potrebbe volerci molto tempo per superarle.»

«Com'è, però?» Mi sporsi in avanti. «È diversa dagli umani. È proprio come i maschi? La stessa mancanza di umorismo, e il senso del dovere, e tutto il resto?»

«Beh.» Mirelle ci pensò. «Non ha avuto a che fare con gli umani, quindi non è molto emotiva. Sì, sembra molto propensa a seguire il suo onore e i suoi impegni. È forte, ha già recuperato quasi completamente a livello fisico. È reticente riguardo ai sentimenti che prova. Sembra... simpatica.»

Annuii. «E a lei... ah... piace... Mykl?»

«L'ha reclamata, Kee. Lei ha accettato, direttamente a bordo della navicella. Mi dispiace tanto.»

Quando cominciai a piangere, mi prese tra le braccia. «Andrà tutto bene.»

«Non vedo come, però.»

Mirelle non rispose perché non c'era niente da dire. A volte la vita semplicemente non andava come avremmo voluto. A volte i nostri sogni diventavano realtà: ero stata liberata dalla fabbrica dove ero schiava. Avevo trovato uno scopo e benevolenza su Zandia. Ma il sogno di un compagno che mi facesse battere il cuore? Ebbene, a volte, invece, erano i sogni di altri esseri che venivano realizzati.

Mi venne un pensiero spiacevole. «Arc e Bow mi hanno chiesto di accettare i loro cristalli proprio prima del solstizio di cristallo. In questo modo potremmo usare la luce per celebrare e rafforzare il nostro nuovo legame.»

«Sembra un buon piano.» Il suo tono era decisamente neutro. Non mi guardò.

Deglutii. «Credo di sì.» Mi asciugai il naso. «Lo senti? Continuo a sentire quello stupido suono. Che cos'è?»

«Penso che sia qualcuno che piange.» Mirelle si guardò intorno nel boschetto. «Vogliamo andare a vedere?»

«Potremmo.» Alzai le spalle. «Potremmo piangere insieme, come in una sinfonia. Forse potremmo comporre un nuovo pezzo musicale intitolato *The Sounds of Despair* e diventare piuttosto famosi.»

«Non sono sicura che mi piaccia il tuo senso dell'umorismo quando sei triste.» Mirelle mi fece l'occhiolino. «Molto cupo.» Fece un passo avanti e spinse da parte alcune piante rampicanti. «Ciao? C'è qualcuno qui? Stai bene?»

Il singhiozzo si fermò all'improvviso. Feci un passo avanti e vidi Cressa, con un'espressione sorpresa sul viso. Aveva gli occhi rossi come le ciocche dei suoi capelli, e gonfi, come se stesse piangendo da ore. Anche il naso era rosso.

«Cosa c'è che non va?» Mirelle avanzò subito e Cressa si girò dall'altra parte. Le spalle le tremavano.

«Niente.» Si passò una mano sul viso. «Sto bene.»

«Stai male? Possiamo aiutarti.» Mirelle allungò una mano.

Cressa si tirò indietro i capelli e sospirò. «Non sto male.» Poi si girò e mi guardò con tale veleno che feci un passo indietro. «Sono triste. E arrabbiata.»

«Perché?» chiese Mirelle.

Cressa stava già parlando. «Perché soprattutto in questo momento...Con il solstizio! Vedere un bel regalo sprecato, buttato via, mi fa arrabbiare.»

«Quale regalo?» Mirelle arricciò il naso.

Ma io sapevo cosa intendeva. Abbassai lo sguardo e mi guardai le scarpe.

Cressa aggiunse: «Alcuni dei nostri esseri migliori e più

brillanti. Zandiani che meritano qualcuno che sia leale e sincero, che li ami teneramente come la vita stessa.» La voce le tremò e si spezzò. «E vedere tutto sperperato inutilmente? Quando ci sono altre umane che darebbero qualsiasi cosa, e intendo qualsiasi cosa per loro? Madre Terra.»

Ricominciò a singhiozzare così forte che riusciva a malapena a respirare.

Quando i singhiozzi passarono, alzò di nuovo lo sguardo. «Mykl ha intenzione di accoppiarsi con la femmina zandiana, Kianna.» Scosse la testa. «E Arc e Bow hanno intenzione di accoppiarsi con te durante le Luci zandiane.» Le si calmò la voce. «E sembra che tu e io potremmo avere qualcosa in comune.»

Si alzò e le sue lacrime si fermarono mentre mi guardava con impazienza. Ora non era più furiosa, ma così triste che avrei voluto piangere anch'io. Naturalmente avrei voluto iniziare a urlare non appena aveva menzionato Mykl e la femmina.

«Domani, Kianna. Subito prima del solstizio. Proprio quando anche tu starai celebrando la tua cerimonia.» Scosse la testa. «Madre Terra.» Poi sospirò. «Beh, suppongo che la supererò» disse con tono piatto. «C'è sempre il programma Outlander.» Sbuffò e se ne andò.

«È lo stesso ologramma che stavi guardando tu.» Mi stuzzicò Mirelle. «La vuoi come coinquilina?»

Quando non risposi, disse: «Mi dispiace. Non c'è niente di divertente.» Sospirò. «Il vestito per domani è pronto?»

Annuii. «Così pare. Lorca lo ha consegnato.»

Colse un fiorellino rosa da un cespuglio di Jax e me lo mise tra i capelli.

Lo tolsi. «Fermati. Non merito di essere carina. Non è questo il momento.» Il fiore volò a terra.

«Questi servono per la forza, Kee.» Lo prese e lo tenne sul palmo della mano. «Me l'ha detto Lanz. Sono medicinali.

Qualcosa che aiuta le persone a rilassarsi e ad acquisire forza mentale.»

Alzai gli occhi al cielo. «Una pianta?»

Lei inclinò la testa. «Perché no?»

«Devo mangiarlo?»

«Madre Terra, no. Probabilmente è velenoso nella sua forma grezza. Lo distillano. Puoi usarlo, sai, come un simbolo.»

«Oh, ok. Adoro il modo in cui i simboli sono così fortificanti.» Alzai gli occhi al cielo.

«Intrecciali in una corona da indossare tra i capelli durante la cerimonia di accoppiamento.»

Cominciò a coglierne altri. «Dai, aiutami. Sarai la compagna più adorabile del festival della prossima rotazione del pianeta.»

Sbattei le palpebre forte. Non riuscivo proprio ad andare avanti con questa farsa di cerimonia di accoppiamento con Arc e Bow. Ma come sarei sopravvissuta su questo pianeta con Mykl e la sua femmina zandiana accoppiati? Vedendoli ovunque? La cosa mi avrebbe uccisa.

Trattenni un singhiozzo e raccolsi fiori, come se un fiorellino potesse essere intrecciato in un'ancora di salvezza, che avrei usato per tirarmi fuori da questo inferno e spingermi verso un futuro più generoso.

CAPITOLO NOVE

M *ykl*
«Sei stata tenuta come schiava del piacere per anni?» Tenni la voce bassa, per non turbare Alena, la femmina.

«Sì.» Seduta accanto a me nella grotta, annuì. I cristalli brillavano intorno a noi. Adesso veniva qui ogni giorno per assorbire il sostentamento mentre continuava a guarire. Mi ero unito a lei e ogni volta che ci incontravamo i miei dubbi diventavano più profondi. Come se avessi commesso un errore colossale e irreparabile.

«I ricordi devono essere dolorosi. Dannosi. Farò del mio meglio affinché la tua vita d'ora in poi sia tranquilla.» La brezza mi soffiò la manica trasparente del suo vestito sul braccio e io la spinsi via, perché sembrava un insetto. Lo feci con attenzione, però, per non offenderla.

Lei inclinò la testa. Non ero sicuro che fosse d'accordo sul fatto che sì, i suoi ricordi erano dolorosi, o che sì, avrebbe voluto una convivenza tranquilla.

Mi strofinai la mascella. «Ah, intendi dire sì alla prima o alla seconda?»

«Entrambi.»

«Capito. Sensibile, ovviamente.»

«Sì.»

Rimanemmo in silenzio.

Diedi uno sguardo furtivo al suo profilo. Era così strano vedere una femmina fatta come me. Era come guardarsi in uno specchio offuscato. In dell'acqua con increspature. Aveva la mascella marcata e la fronte alta. Gli occhi luminosi e indagatori. Quel naso patrizio. Il seno alto e piccolo e le gambe lunghe ed eleganti. Tutta massa muscolare e potenza. L'essere che avevo desiderato per tutta la mia vita. Eccola qui. Era fondamentale che io la apprezzassi adeguatamente. Non dovevo sprecare questa opportunità, un'opportunità che qualsiasi maschio zandiano avrebbe ucciso per avere.

«Io... ehm. I piccoli? Cosa ne pensi di...? Pensai ad accoppiarmi con lei, a come sarebbe stato avere il suo corpo nudo sotto il mio. Ma tutto quello che riuscii a immaginare fu Kianna.

Stelle, dovevo concentrarmi.

«È mio dovere nei confronti di Zandia concepire dei piccoli.» La sua voce era primitiva e uniforme. «Mi prefiggerò l'obiettivo di farlo in modo ammirevole e in un modo che onorerà il nostro pianeta. Il dottor Daneth ha rimosso il dispositivo contraccettivo e ha detto che non sono stata... danneggiata, in questo senso.»

Per la prima volta, notai segni di crepe nella sua armatura quando sussultò e si leccò velocemente il labbro. Vidi la sua lingua e riconobbi che probabilmente avrei dovuto avere voglia di morderla o baciarla. Pensai a Kianna e alla sua bocca morbida, piccola e maliziosa.

Soffocai un gemito e mi aggiustai i pantaloni. *Kazo!* Non era questo il momento. O meglio, avrebbe potuto essere il momento, ma la manifestazione fisica era stata provocata dalla femmina assolutamente sbagliata.

«Ti trafiggerò con i miei cristalli al solstizio. La luce ti guarirà per il resto della strada.» Lo dissi con voce speranzosa. Riuscii a percepire un tono che non capivo. Come se la stessi supplicando. «Ci renderà felici insieme.»

Mi guardò. «Lo credi davvero?» Era la prima volta che parlava con una certa emozione. E sembrava rabbia.

Distolsi lo sguardo per un secondo. «Ho sentito che la luce ha proprietà riparatrici.»

«Quello sì. Ma il resto?»

Scossi la testa. «Sai da quanto tempo ti aspetto?»

«Me, in particolare?»

Continuai senza rispondere. «Volevo diventare il miglior combattente che Zandia avesse mai visto, poi mi sono infortunato. Ma posso trasmettere le mie capacità accoppiandomi con una femmina zandiana forte quanto me.»

«Così mi è stato detto dal dottor Daneth e da re Zander. Sono tutti ansiosi di vedermi fattrice.» Sembrò disgustata.

Deglutii, mentre i miei dubbi crescevano. «Ho promesso a mio padre, sul mio onore, che mi sarei accoppiato con una zandiana.» Lo dissi per spiegare. Una scusa per spiegare perché questo errore doveva essere giusto. «E quella femmina zandiana sei tu. Sei quella che ho desiderato per tutta la mia vita.»

Inclinò la testa. «Sai cosa ho desiderato io per tutta la vita?»

Sorpreso, aprii la bocca. Cavolo, non gliel'avevo mai nemmeno chiesto. Non avevo mai considerato i suoi pensieri in merito. «Che cosa?»

Si alzò. «Essere libera, per esempio. Essere qui, su Zandia.» Agitò una mano. «L'ho sognato ogni notte, Mykl. Ogni rotazione del pianeta. Era l'unico pensiero nella mia testa. Tutto ciò che ho sopportato, ogni lunga rotazione planetaria, è stato necessario per poter essere qui.» Mi guardò feroce.

«E ora sei qui.»

«E ora che sono qui» la sua voce vacillò, «mi sono persa.» Lei smise di parlare e mi voltò le spalle. «E ciò che mi viene offerto non è ciò di cui ho bisogno.»

«Forse…» Non sapevo come parlare di queste cose. «Una volta che sarai qui da più tempo, imparerai a goderti la tua situazione.»

Mi guardò di nuovo. «Altri esseri parlano di vera felicità. Gioia. Amore. Pensi che…» sussurrò la cosa successiva, i grandi occhi si scurirono, «potrei mai avere anche quelle cose? Con te?»

Distolsi lo sguardo perché, per qualche motivo, mi facevano male i polmoni. La mia mente correva. «Non lo so.»

«Tu non lo vuoi per te?» Toccò un ramo di un albero vicino.

La mia risposta fu immediata. «Ho la mia promessa da mantenere. Mantenerla mi renderà felice.»

Lei fece una risatina priva di ironia. «Molte promesse finiscono per diventare catene che possono soffocare un essere invece di salvarlo.»

«Che cosa significa?» ringhiai, ma non ero arrabbiato con lei. Ero solo frustrato. E curioso. Per tutte le ore che avevamo trascorso insieme, questa era la conversazione più reale e significativa che avevamo scambiato. Era come se finalmente la conoscessi, la vera lei. Non solo una femmina zandiana a caso, ma lei.

«Una catena di dolore che ferisce non solo te, ma molti altri.»

Pensai immediatamente a Kianna. Arc e Bow. Hektor. E a questa femmina di fronte a me.

«Preferisci Hektor?» Trattenni il respiro. La cosa strana era che speravo che la sua risposta fosse sì. «Vuoi accoppiarti con lui invece che con me?»

«Voglio tempo per decidere.» Mi guardò. «Ma sì, penso di sì.»

L'euforia mi diede le vertigini e mi girò la testa. Ma le promesse...

«Come fai a saperlo? Conosci a malapena Hektor. Cos'è che ti fa capire... che è lui?» Mi chinai in avanti, intento a studiare il suo viso. Come se la sua risposta potesse aiutarmi a capire qualcosa di me stesso.

«Quando ti ho visto per la prima volta, ho provato un'immensa gratitudine e sollievo. Sapevo che potevo fidarmi di te. Ma quando ho visto lui...» le comparve un sorrisetto sul viso. «È stato come un fulmine, Mykl. Come se il mio petto vuoto fosse stato squarciato e riempito di nuovo con qualcosa di bello.» Il sorriso si allargò. «E lo sentiva anche lui. L'ho percepito.»

«Quindi è così? Tu semplicemente... lo sapevi? Così?»

Annuì. «Non sapevo che una cosa del genere fosse possibile. Ma sì, esattamente così.»

«Noi non proviamo quella cosa lì l'uno per l'altra.» Lo sapevo da un po' ormai. Eppure, dirlo mi terrorizzava. Perché significava che la mia vita attentamente pianificata avrebbe deviato in un modo che non potevo prevedere.

«Hektor è venuto a trovarmi in infermeria.» Si schiarì la gola.

«Alle mie spalle?» Nonostante volessi che scegliesse Hektor, mi bruciava ancora il fatto di non essere io a capo di questa situazione.

Si strofinò le labbra. «Hektor sarebbe disposto a condividermi. Capisco che adesso funzioni così: molti maschi accoppiati con un'unica femmina. Sei disposto a condividere?»

Arricciai le labbra prima di riuscire a trattenermi. Condividere una femmina sarebbe stato impossibile per me. Riuscivo a malapena a sopportare gli altri esseri in generale.

Convivere con più di uno? Dover negoziare e cedere ad altri maschi? Mai.

Se fossi stato onorevole, mi sarei offerto di condividerla. Soprattutto perché preferiva chiaramente Hektor. Ma il suo interesse per Hektor sembrava una via d'uscita. Forse un segno, anche se io non credevo ai segni.

Mi lasciò andare senza rispondere. «Hektor ha detto che, mentre venivate a prendermi hai fatto qualcosa di miracoloso. Hai guidato la navicella attraverso la fascia di asteroidi leggeri più difficile che esista, tutto manualmente, e solo perché la tua umana Kianna ti ha aiutato a concentrarti.

La mia umana. Kianna.

Sentii il viso andare in fiamme. «Non avrebbe dovuto parlarne.»

«Ha detto che quando hai capito le cose era come se un fulmine ti avesse colpito, a giudicare dalla tua espressione.»

«Suppongo che sia stato così, in un certo senso.» Chiusi gli occhi. «È stato fondamentalmente sorprendente.»

Mentre pensavo a come mi ero sentito sulla navicella, così vicino a Kianna, qualcosa divenne improvvisamente chiaro nella mia mente. «La mia promessa a mio padre, ci ho pensato nel modo sbagliato. Devo concentrarmi sullo spirito delle cose, non sulle parole. Non posso essere bloccato in questa cosa.»

Annuì.

Mi alzai e la guardai negli occhi. «Ti libero dalla promessa che mi hai fatto. Tu mi liberi?»

«Sì.» Sorrise.

La presi tra le braccia per un abbraccio. «Grazie. Non lo dimenticherò mai.»

* * *

KIANNA

115

. . .

Presi fiato e bussai. «Cressa?»

Si trovava in fondo al corridoio, nel dormitorio, ma non avevo mai visitato il suo alloggio.

Quando aprì la porta, notai che aveva gli occhi rossi. Quando si rese conto che ero io, la sua espressione si irrigidì. «Kianna, non voglio parlarti adesso. Comunque, non hai bisogno di prepararti per la tua cerimonia?» Lei lanciò un'occhiata alle mie braccia. «Quello è il tuo vestito?» Alzò la voce. «Madre Terra, non dirmi che stai chiedendo a me, tra tutti gli esseri, di aiutarti a prepararti.» Strinse gli occhi e iniziò a chiudere la porta. «Vai dalla tua migliore amica Mirelle per questa cosa.»

Misi il piede nell'apertura in modo che non potesse chiudere la porta. «Aspetta.» Deglutii a fatica. «Non mi aiuterai a prepararmi. Io aiuterò te.»

Alzai le braccia, offrendole l'abito. E la corona di fiori che avevo realizzato utilizzando i boccioli che avevo iniziato a raccogliere con Mirelle. «Per favore.»

«Mi stai prendendo in giro?» Sbatté le palpebre.

«Posso entrare, per favore? È importante.»

Il tono della mia voce, o forse qualcosa nel mio viso, la convinse. Aprì di più la porta e fece un passo indietro.

Io entrai. Era accogliente e caldo, pieno di colori vivaci e bei tessuti. Adagiai l'abito sul sedile principale e vi appoggiai la ghirlanda accanto.

«Cressa, non mi accoppierò con Arc e Bow.» Mi tirai su i capelli in una coda di cavallo con le mani, poi li sciolsi. «Ma penso che dovresti farlo tu.»

«Che cosa?» Era così sorpresa che restò immobile e a bocca aperta. Lo sguardo di gioia e trepidazione sul suo viso mi uccise.

«Dovresti averli tu. Non io.»

«Cosa c'è, non li vuoi più, quindi dovrei prendere i tuoi avanzi?» Lo disse con tono sprezzante e poi iniziò a piangere. «Cosa stai facendo?» Si chinò e si prese il viso tra le mani. «Oh, Madre Terra. Aiutami.»

Le misi timidamente la mano sulla spalla. Quando non mi respinse, la abbracciai. «Cressa, non mi amano. E io non amo loro. È stato tutto un grosso errore. Sono giovani e pensavano che avrebbero dovuto chiedermelo, e io ho detto di sì solo perché, beh, è complicato. Ma non ci apparteniamo.»

«Questo lo sapevo.» Tirò su con il naso.

«Ti ricordi di quella rotazione del pianeta alla grotta? Quando hai chiesto se uno di loro avrebbe potuto diventare tenente?»

«Arc» disse immediatamente, alzando lo sguardo, con gli occhi che brillavano. «È così intelligente e talentuoso!»

«Sì, e io non riesco nemmeno a ricordare quale dei due fosse.» Arrossii. «Ecco quanto siamo incompatibili.»

Aggiunsi rapidamente: «E loro non hanno niente da dirmi. Ma quando sei arrivata tu quel giorno, si sono illuminati entrambi. Come se fossero pieni di gioia.» Scossi la testa. «Non mi sentirò mai così con loro. Né loro con me. Sarebbe sbagliato accettare i loro cristalli. Finiremmo per essere tutti infelici.»

«Li amo. Tantissimo.» Deglutì. «E stavo morendo perché ti saresti accoppiata con loro e non ti importava nemmeno! Lo vedevo. Tutti potevano vederlo. Tutti quelli che si prendevano la briga di guardare, ovviamente.»

«Li amo» ripeté con la voce tremante. «Sentivo che anche loro mi amavano, ma erano sempre con te.»

«Cressa, ti vogliono. Mi accettano solo per via della loro promessa iniziale e per il loro onore zandiano. Devo liberarli dalla promessa, perché altrimenti andranno avanti, non importa quanto siano infelici.»

Mi alzai. «Senti, il vestito potrebbe non adattarsi perfettamente, ma scommetto che Octavia può aggiustarlo. E questa corona di fiori è per te. Mirelle mi ha detto che questi fiori significano forza, amore e cose del genere. Li ho raccolti per ore e ho fatto questa. Non per me, ma per te.»

Sollevai la corona sistemando i delicati nastri che volavano nella brezza dalla finestra aperta, e gliela misi sulla testa. «Guarda.» La indicai allo specchio.

Lei sussultò e si portò una mano alla bocca. «Oh, stelle. È così carina.» Era ipnotizzata. «Kianna, è tutto vero?» Le si riempirono gli occhi di nuovo. «Non è un sogno o uno scherzo?»

«È tutto vero.» Le presi le mani. «E mi dispiace.»

«Per cosa?» Ma stava già raccogliendo l'abito. «Hai detto che Octavia può sistemarlo?» Ridacchiò. «Oh, non avrei mai pensato di poterlo avere.» Si girò verso di me. «Ma tu?»

Il suo viso divenne solenne.

Distolsi lo sguardo. «Starò bene.»

«Ma che mi dici di Mykl?»

Strizzai forte gli occhi. «Si accoppierà con la femmina zandiana. Ho sentito che è davvero fantastica. Che benedizione che il nostro pianeta l'abbia riconquistata, e anche poco prima delle Luci zandiane.»

«Non lo dimenticherò mai, Kianna.» Mi abbracciò, forte. «Grazie.»

«Prepariamoci e basta. E una volta che sarai pronta, dovremo andare entrambe a spiegare le cose ad Arc e Bow.»

«E se non mi volessero?» Ma sapeva che questo non sarebbe accaduto. Lo sentiva nel profondo, così come lo sentivo io, che quei due sarebbero stati felicissimi di vedere lei con la corona al posto mio. E quel pensiero – che stavo portando la felicità ad altri tre esseri – fu sufficiente a sostenermi mentre aiutavo Cressa a prepararsi per la più grande rotazione planetaria della sua vita.

* * *

MYKL

ERA QUASI l'ora del festival delle Luci zandiane e la folla si stava radunando. Ogni essere era rispettoso, ma l'energia del luogo era immensa ed era difficile farsi strada tra le folle di zandiani e umani.

Tutti aspettavano che si verificasse il picco di luce. L'aria già luccicava e crepitava di energia, e mentre inspiravo l'aria fresca, potevo quasi giurare che i miei polmoni fossero più leggeri di quanto non fossero stati in diversi cicli solari. Forse non erano guariti, ma erano più pieni, più leggeri. Anch'io stavo più dritto, o così mi sembrava. Ovunque guardassi, gli esseri risplendevano di una bellezza che non avevo mai notato prima.

Non mi piacevano le decorazioni come le lanterne e i nastri, ma dovevo ammettere che l'intera area sembrava fantastica, quasi un sogno.

«Buone Luci zandiane.»

«Felice Solstizio!»

Gli esseri si abbracciavano o si salutavano, e si scambiavano gli speciali auguri.

Ma anche se l'energia mi spingeva a far parte del tutto, ero alla disperata ricerca di loro. Dovevo trovare Kianna, Arc e Bow e interrompere la loro cerimonia prima che fosse troppo tardi.

Speravo solo di non essere in ritardo. Forse aveva rinunciato a me dopo che l'avevo rifiutata per la femmina zandiana. Forse adesso mi odiava. Forse, peggio ancora, era indifferente, non le importava affatto di me.

Il panico mi travolse e mi guardai attorno freneticamente.

«Dov'è Kianna?» afferrai lo zandiano più vicino.

«Chi?» Alzò le spalle. «Buon Solstizio a te.»

«Si sta accoppiando. È un'umana.» Resistetti all'impulso di scuoterlo. «Felice Solstizio.»

«Fratello, non la conosco, ma ci sono molte cerimonie di accoppiamento. Guarda.» Indicò un lato, vicino alla cascata.

Vidi un trio che si scambiava i cristalli. Un gruppo di quattro persone era raggruppato, avevano sguardi di beatitudine sui loro volti.

Poi li vidi: Arc e Bow, inconfondibili. Vestiti con abiti formali zandiani con tuniche e pantaloni bianchi.

Kianna era lì tra loro, con un abito fluido e una ghirlanda di fiori e tutti i tipi di tulle e tessuto tra i capelli. Mi dava le spalle e, mentre la guardavo, Arc e Bow le misero un braccio intorno e si avvicinarono.

Kazo!

Corsi in avanti più velocemente che potevo, spingendo gli esseri da parte a destra e a sinistra, e quando li raggiunsi, afferrai Kianna.

«Toglietele le mani di dosso!» Ruggii. La tirai via da loro e guardai torvamente il più vicino, Arc. «Devo parlare con lei.»

Lui si infuriò e piazzò la mano sul pugnale. «Stai indietro. Stai interrompendo la nostra cerimonia.»

Ringhiai. «Non me ne frega un *kazo*. Ho qualcosa da dirle e devo farlo adesso. Kianna...» La feci girare.

Allentai la presa sulle sue braccia. La lasciai andare, facendo un passo indietro. «Chi... chi sei?»

Stavo impazzendo? Questo era Arc, e lì c'era Bow. Questa era la loro compagna. Ma invece di essere Kianna, riconoscevo vagamente l'umana. Aveva una massa di capelli rosso-oro sormontati da una ghirlanda di fiori, e decisamente, assolutamente non era l'umana che amavo.

«Io sono Cressa.»

«Non capisco. Dov'è Kianna?» Mi sembrava di essere sott'acqua.

«Arc, Bow e io ci amiamo. Kianna non li ama. Abbiamo sistemato le cose.» Cressa sorrise. Sembrava beata.

«Fratello, fai un passo indietro. Stai interrompendo la nostra cerimonia.» Bow contenne a malapena la sua rabbia. «Desideriamo regalarle i nostri cristalli al culmine della luce. Per favore, lasciacelo fare.» Mi lanciò un'occhiataccia.

Cressa mi guardò con comprensione. Ma anche con aria furba, forse. «Ha detto che andrà al programma Outlander subito dopo questa cerimonia. In effetti, potrebbe essere diretta lì adesso.»

«Non può farlo» mormorai. «Lei non è adatta. Ha altri doni, doni migliori che può sviluppare. Non sai che è un genio nel rilassamento e nel potenziamento della mente?» Mi schiarii la gola. «E stelle, nessuno se ne andrebbe durante la cerimonia per una cosa del genere. Sono sicuro che tutti i viaggi fuori dal pianeta saranno interrotti per tutta la durata del solstizio. Perché dovresti dire una cosa del genere?» Alzai la voce fino a quando non riuscii praticamente a ruggire contro di lei. «Non può andare al programma Outlander!»

Cressa aveva un'espressione comprensiva, ma potevo giurare anche che sembrava compiaciuta. Questi umani erano così dannatamente complicati...

Arc e Bow ringhiarono e fecero un passo avanti, quindi alzai una mano. Chinai la testa. «Le mie scuse. Mi sento... emotivo.» Non ci ero abituato; se questo significava che avrei avuto una possibilità con Kianna, sarei riuscito a cavarmela con questi nuovi sentimenti.

Tornai indietro. «Dov'è?»

«Noi non lo sappiamo.» Bow stava chiaramente esaurendo la pazienza. «Se sei così interessato, ti suggerisco di andare a cercarla.»

La prima cosa intelligente che aveva detto questo giovane idiota. Volevo ancora farlo a pezzi perché aveva corteggiato Kianna e probabilmente a un certo punto le aveva messo le mani addosso. Presi fiato e mi ricomposi. «Auguro a voi tre una felice cerimonia e una vita gioiosa insieme.» Che, grazie al *kazo*, non era con Kianna.

Cressa si girò di nuovo verso Arc e Bow, poi si girò un'ultima volta. «Ha detto che non può sopportare di essere qui quando inizierai la tua nuova vita con la femmina zandiana. Ma a quanto pare non ti ci accoppierai più?»

«No» ringhiai. «Sta con Hektor adesso.» Non era ancora chiaro se si sarebbe accoppiata con Hektor da solo, o con un gruppo di zandiani incluso Hektor. La verità era che non mi interessava molto, perché lei non era la persona giusta per me.

«Sembra complicato.» Cressa sorrise. «Ma molto buono. E visto che l'hai detto, può darsi che non stia andando al programma Outlander in questo momento. Forse è qui da qualche parte, a guardare le luci con Mirelle. Forse puoi trovarla, se guardi, diciamo, laggiù.» Indicò un punto, poi si girò, e questa volta si concentrò così tanto sui suoi compagni che capii che nessuno di loro avrebbe sentito anche solo un'altra parola.

Mi girai, scrutai la folla, ma non riuscii a trovarla.

Il sole tramontò più basso nel cielo e l'aria acquistò una nuova intensità, mentre i mormorii risuonavano da ogni parte.

«Ci siamo quasi!»

«Guarda come brillano i cristalli.»

Re Zander parlò dal palco di pietra bianca liscia di fronte alla folla. La sua adorabile compagna umana era accanto a lui, che teneva per mano i loro piccoli. «Compagni zandiani e umani, felici luci zandiane.»

L'intera folla gli fece eco, un mormorio di unione e famiglia.

«Siamo qui riuniti per onorare la nostra comunità, il nostro pianeta e l'unica vera stella zandiana. Abbiamo riconquistato il nostro pianeta e stiamo lavorando per potenziare il nostro futuro. Ringrazio ognuno di voi per i sacrifici e i doni che condividete gli uni con gli altri. Insieme renderemo Zandia una dimora potente per noi stessi e per le generazioni future a venire. Lasciamo che la luce del cristallo ci porti nuova energia e forza.» Annuì e, alla sua approvazione, un nuovo gruppo di lanterne si accese, ovunque nei campi e nelle grotte.

Onestamente era la cosa più bella che avessi mai visto, ad eccezione di Kianna. Se non fossi riuscito a vedere il suo viso, ad abbracciarla, ero convinto che sarei morto.

«Kianna!» La mia voce risuonò e molti esseri si voltarono a guardare.

«Kianna!» Continuai a gridare, come se potessi evocarla con la forza del mio desiderio.

All'improvviso la vidi: era in piedi con Mirelle, Lanz e Dom. Erano dall'altra parte della grotta, ma lei era qui: non su una navicella diretta al programma Outlander, ma qui. Avevo ancora una possibilità.

«Kianna.» Mi avvicinai e le toccai la spalla. Tutto il mio corpo pulsò di bisogno.

Quando si girò e il suo sguardo cadde su di me, tutto il suo corpo cambiò. «Mykl?» La sottile nota di speranza nella sua voce mi uccise. «Cosa stai facendo qui?» Guardò dietro di me. «Dov'è Alena? Sei già accoppiato?» Si morse il labbro. «Vorrei farti le mie più sincere congratulazioni...»

«No. Non ci accoppieremo oggi. Non succederà mai.» Le presi le mani.

«Oh, Madre Terra» ansimò e si accasciò. Mirelle si mosse per afferrarla, ma fui io a prenderla per primo. Mi ritrovai seduto per terra, tenendola tra le braccia, mentre la luce dei cristalli iniziava a girare e a brillare, riflettendosi su ogni superficie. Mirelle sorrise e tornò dai suoi compagni, lasciando me e Kianna soli.

«Ascoltami» la implorai. «Ho giurato di portare avanti i miei geni con la zandiana più adatta a me. Ma la zandiana più adatta sei tu. Sei umana, ma appartieni a Zandia. E mi capisci. Il modo in cui mi hai aiutato ad attraversare le bande solari? Era come se fossimo un unico essere. Ci siamo integrati perfettamente. Non lo hai sentito?»

«Sì! Ma... ma... poi sei tornato con lei tra le braccia. Le hai chiesto di accoppiarsi con te.» Il dolore nella sua voce mi schiacciò.

La tirai più vicina a me. Tra le mie braccia, era calda e morbida. Mi faceva sentire benissimo. «E mi sbagliavo, Kianna. Ti ho sempre desiderata, ma ho cercato di convincermi di no, perché pensavo di dovermi accoppiare con una zandiana purosangue. Ma questo non avrebbe reso felice me e nemmeno lei.»

«E all'improvviso pensi che ti renderò felice io?» La sua voce vacillò. Come se non potesse credere a quello che stava sentendo.

«Lo so per certo. Lo hai già fatto.» Pensai a quanto fosse stata noiosa la mia vita prima che lei entrasse nel mio laboratorio e stravolgesse la mia esistenza. Mi aveva preso in giro, aveva flirtato e mi aveva convinto a uscire dalla mia noiosa resistenza, anche se non le avevo dato nessun motivo di persistere. Era intelligente e resistente. Bella e forte.

Le presi il viso con entrambe le mani e la guardai negli occhi. «Sono convinto.»

«Ma la tua promessa?» Si mordicchiò il labbro.

«La sto mantenendo, Kianna. Mio padre mi ha chiesto di scegliere la migliore per portare avanti le mie competenze. Lo sto facendo. Tu sei la migliore per me. Insieme saremo una grande squadra. Credo davvero che i nostri piccoli saranno perfetti. Come potrebbero non esserlo? Staremo benissimo insieme.»

Lei si strinse tra le mie braccia e io aggiunsi: «Ma non si

tratta solo dei piccoli. Si tratta di te. Io...» Facevo fatica a trovare le parole. Non mi ero mai permesso di provare tali emozioni, ed era difficile farlo. Man mano che parlavo, però, diventava più facile. «Si tratta di te. E di me. Semplicemente... ti voglio. Ti amo.» Una volta detto, seppi subito che era la cosa giusta, perché il suo sguardo si riempì di gioia.

Tuttavia, esitò. «Ma per così tanto tempo hai detto...»

«Ascolta.» Le toccai il viso. «In tutti questi mesi ho desiderato la tua risata. Mi sono piaciute le tue piccole osservazioni. Ho imparato ad apprezzare il tuo umorismo. Mi hai cambiato, a poco a poco. Mi ha permesso di aprirmi. È stato solo grazie a te che sono riuscito a entrare in me stesso e a fare ciò di cui avevo bisogno per salvare Alena. Sarà perfetta per Zandia... e per qualcun altro. Ma per me? Sei sempre stata tu, Kianna. Sei il mio destino. Semplicemente non l'ho saputo vedere.»

«Mykl.» La sua voce era così piena di emozione che la strinsi più forte.

«Ti prego. Ti amo. Dimmi che non è troppo tardi. Che non hai smesso di amarmi.»

Lei esitò e pensai che sarei morto.

Poi tutto tornò a posto quando sussurrò: «Non ho mai smesso. Anch'io ti amo.»

«Allora sii la mai compagna. Amami per sempre. Solo io e te. Non posso condividerti, non lo farò. Di' di sì.» Mi tremava la voce, ma non mi interessava.

«Sì.»

Lo disse proprio mentre i raggi di cristallo esplodevano come fuochi d'artificio sopra di noi, e mentre la folla urlava in apprezzamento, mi chinai e la baciai. Un bacio perfetto, perfetto quanto lei. La luce ci attraversarono e ci inondarono, e capii che Kianna e io eravamo destinati a stare insieme, per sempre. Un'accoppiata perfetta.

CAPITOLO DIECI

ianna

KTutto quello che sapevo era che mi stava portando a casa, tra le sue forti braccia. La sua andatura era determinata, la presa sicura. La luce brillava ancora intorno a noi e mi sentivo come ubriaca per i raggi. Forse ero solo sopraffatta dall'emozione per Mykl. Non potevo ancora credere che fosse vero: aveva scelto me.

«Eccoci qui.» Si fermò davanti alla sua cupola e agitò il polso sinistro, trattenendomi senza sforzo con l'altro braccio, e la porta si aprì.

«Non c'era tempo per preparare i cristalli.» Mi spostò, mi mise davanti a lui e mi guardò negli occhi. «Ma sei già mia, anche se i tuoi bei capezzoli non sfoggiano ancora le mie gemme.» Diede un colpetto. «Non è vero?»

Trattenni il respiro. «Sì. Aspetta! Il mio seno…»

Mi fece un sorriso malizioso. «Non farà male, il piercing. Non *tanto*.» Alzò un sopracciglio. «E se non sbaglio, non ti dispiace un po' di dolore durante il piacere.»

«No!» Perché mi prendevo la briga di protestare? Sapevamo entrambi che era vero.

«Mmm, credo che sia una bugia.» Allungò una mano e mi strappò il vestito così all'improvviso che strillai per la sorpresa. «E ti ricordi cosa succede quando mi disobbedisci?»

«Non mi hai detto di non mentire. In effetti, una volta ti sei lamentato del fatto che gli esseri umani sono categoricamente incapaci di impedirsi di farlo.» Sussultai mentre mi toglieva il tessuto strappato dal corpo, quindi rimasi lì solo con le mutandine addosso.

Mi si tesero i capezzoli sotto il suo sguardo, e feci un piccolo sorriso trionfante quando il suo respiro si fece più affannato.

Strizzò gli occhi. «Allora mi divertirò a cercare di insegnartelo. Con la mano e la cintura.» Si portò una mano alla vita, alla spessa cinghia di cuoio, e quasi svenni.

«Maestro Mykl, sembra che tu voglia darmi una specie di lezione.» Sbattei gli occhi. «Se solo potessi capire perché.»

«Lo sai perché» ringhiò e mi prese tra le braccia, così mi strinsi a lui. Aveva un profumo fantastico: la sua stessa essenza e il sudore, mescolati insieme in un modo che mi inebriava. «Perché sei la mia *kazo* di compagna e d'ora in poi mi obbedirai.»

«Non l'ho sempre fatto?» Liberai una mano dal suo stretto abbraccio e la feci scorrere lungo il suo corpo. «Madre Terra, sei così muscoloso. Così duro.» Il suo petto ero impressionante. Aveva la vita sottile. I fianchi stretti. Le cosce potenti. Avvicinai il palmo al punto che morivo dalla voglia di toccare.

«Sì là.» Si chinò e mi morse il collo, dapprima leggermente. Quando premetti il palmo della mano contro il suo cazzo, sentendolo attraverso i pantaloni, lui ringhiò e mi morse più forte.

«Mykl» sussurrai il suo nome, con le gambe molli.

Lui ridacchiò e mi riportò tra le sue braccia. «Sì amore?»

Quando lo guardai in faccia, l'emozione fu inconfondibile. Premetti il palmo della mano sulla sua guancia e la tenni lì, sentendo il calore della sua pelle tesa e soda. «Sono così felice.»

Le sue iridi divennero viola. «Anche io.» Distolse lo sguardo, poi incrociò di nuovo i miei occhi e la sua mascella divenne di un viola più intenso. «Non sono... abituato a regolari dichiarazioni di sentimenti. Devi darmi tempo.» Ma il suo sorriso era la prova sufficiente che le parole non contavano. Potevo vedere ciò di cui avevo bisogno nei suoi occhi.

«Tutto il tempo del mondo» gli promisi, e premetti le labbra sulle sue.

Lui ricambiò il bacio, giocando con la mia bocca con la lingua, poi si tirò indietro. «Togliti le mutandine per me, Kianna.»

Si avvicinò alla piattaforma del sonno e mi mise giù. «Fallo lentamente. Poi consegnamele.»

Avevo il viso in fiamme. «Mykl...»

«Subito.» Incrociò le braccia e alzò un sopracciglio. «Oppure prima hai bisogno di motivazione?»

Alla mia espressione, sorrise. «Sono il tuo padrone, come mi hai giustamente chiamato prima. E questo significa che farai quello che dico, quando lo dico.»

«Sì padrone.» La verità era che mi piaceva essere la sua piccola femmina sottomessa in camera da letto. Il solo ricordo dell'ultima volta che eravamo stati insieme mi fece stringere le cosce, pronta a gemere e implorare la sua totale attenzione.

Feci scivolare le mutandine lungo le cosce, oltre i polpacci e i piedi, e le feci girare su un dito. «Vieni a prenderle.» Ridacchiai, poi urlai quando lui scattò in avanti e mi inchiodò al letto prima che io potessi dire un'altra parola. Accidenti, era veloce! Guerriero o no, i suoi riflessi erano perfetti.

«Ti ho detto che potevi prendermi in giro?» Mi spinse sul letto, le sue mani enormi tennero le mie piccole contro la coperta. I suoi fianchi premettero contro i miei e riuscii a sentire quanto fosse duro. Si spostò per posizionare la sua lunghezza di ferro in modo da premere nella giuntura delle mie cosce, e io piagnucolai, allargai un po' le gambe, desiderando di avere di più.

«Beh, non con le parole» ammisi. «Oh, ahi!»

Mi morse il capezzolo e poi lo succhiò. «Riprova.»

«Forse? Ahi, ahi, no!» Ridacchiai e spinsi contro il suo corpo, invano. «Ahi. Mi dispiace. No, non l'hai fatto.»

Stavamo entrambi respirando affannosamente.

«Così va molto meglio» mormorò. Abbassò la bocca sul mio seno e io mi preparai ancora una volta per i denti, ma questa volta toccò alla lingua. La tirò fuori, stuzzicandomi dolcemente, leccandomi, accarezzandomi, finché non mi dimenai sotto di lui.

«Mykl, per favore.»

Provai ad aprire di più le cosce, ma lui le tenne intrappolate. Quando spinsi i fianchi verso l'alto, mi trovai bloccata. Non riuscivo a ottenere quello che volevo! Era sexy e frustrante al tempo stesso e mi eccitò ancora di più.

«No. Aspetterai.» Lasciò andare una delle mie mani così da potersi abbassare e sculacciarmi sulla parte esterna della coscia. «È chiaro?»

«Sì» sussurrai, chiudendo gli occhi, mentre lui appoggiava le labbra sull'altro capezzolo e ripeteva la scena.

Spostò le mani in modo che le nostre dita fossero intrecciate; mi stava ancora trattenendo, ma era molto più intimo. Usò il pollice per accarezzarmi i palmi anche mentre mi teneva le mani. Per un secondo tutto ciò a cui riuscii a pensare fu quanto lo amassi, e quanto fosse meraviglioso essere sua, ora e per sempre.

Alle sue parole successive, ricaddi nella passione.

«Mi divertirò a farti implorare» disse, quasi in modo colloquiale. Poi sollevò i fianchi di un centimetro e mi allargò leggermente le cosce con la gamba, ma prima che io potessi davvero allargarmi come volevo, si sistemò di nuovo. Ma aveva scoperto il mio clitoride quel tanto che bastava, così che, quando premette il rigonfiamento dei suoi pantaloni contro il mio corpo avido, mandò scariche di calore attraverso il mio nucleo.

«Ooh» gemetti, e usai tutta la mia forza per spingere verso l'alto, sperando in più stimoli.

«Che cosa ho detto?» Mi diede di nuovo una pacca sulla coscia. «Se voglio stuzzicarti, lo farò. Per il momento rimarrai calma e immobile e lo accetterai.»

«Sì, Mykl.» La mia voce era tesa per il bisogno. «Ma ti prego.»

«Non si parla per ora.» Premette il corpo contro il mio, poi si allontanò, ancora e ancora, imitando i movimenti che aveva fatto l'ultima volta che mi aveva scopata, finché non mi ritrovai quasi a singhiozzare di desiderio. Il mio clitoride era gonfio per il bisogno di liberazione. Quando finalmente si piazzò e fece scivolare la mano verso il basso per toccarmi, cominciai a implorare.

«Per favore, lasciami venire.»

«Credo che prima dovremo occuparci della tua punizione.» Mi avvitò un dito dentro, e per un meraviglioso secondo pensai che lo stesse dicendo solo perché l'idea mi eccitava.

Poi tolse la mano e rotolò via dal mio corpo. «Ti meriti una bella sculacciata, Kianna.»

«Ma perché?» Ero sul punto di piangere perché volevo solo sentirlo dentro di me. «No, non la merito.»

«Devo elencare tutti i motivi?» Si sedette e si allungò, trascinandomi più vicina. «Prima di tutto, mi hai permesso di pensare che ti stavi accoppiando con Arc e Bow.»

«Ma non è giusto! Andiamo, stavi per...»

Non mi lasciò finire. «Secondo: hai permesso a Cressa di prendermi in giro riguardo a dove ti trovavi.»

«Ma non è giusto neanche questo! Non ho alcun controllo su ciò che lei o chiunque altro...»

«E terzo?» Fece una pausa, mentre mi sistemava sulle sue ginocchia, così mi ritrovai sopra le sue cosce dure, con il sedere rivolto verso il soffitto. «Terzo, solo perché mi va.»

«Questa *non* è una buona ragione.»

«È la migliore di tutte» mi disse, accarezzandomi il sedere con la mano. «Come tuo padrone e compagno, mi riservo il diritto di punirti e soddisfarti a mio piacimento. Farai bene a ricordartelo.» Ma la sua voce, anche se ferma, era affettuosa. E non provavo alcuna paura, solo un'ansia piacevole e sexy per quello che mi avrebbe fatto.

«Dico sul serio» aggiunse, chinando la testa in modo che il suo respiro mi sfiorasse il collo. «Ti terrò in riga, Kianna. Con mano ferma. Per divertimento, a volte, come adesso. Altre volte, come una vera lezione.»

Tremai con un misto di trepidazione e desiderio. Le sue sculacciate facevano male, ma suscitavano un legame e un piacere così profondi che desideravo essere sotto il suo controllo.

«Sì, padrone» sussurrai, dimenandomi sulle sue ginocchia. «Quando vuoi, padrone.»

«Finalmente la risposta giusta.» Ridacchiò. «Questo è il momento.» Alzò la mano e la abbassò con forza su entrambe le natiche, una sculacciata tagliente.

«Ahia.» Mi tirai indietro sorpresa, ma lui mi tenne fermi i fianchi con una mano.

«Mantenere la posizione. Regola numero uno per te, Kianna. Altrimenti ti darò degli extra con la cintura quando avremo finito.»

Mi schiaffeggiò ancora e ancora e cominciò a pizzicarmi il culo. Mi contrassi ma mi costrinsi a restare sul posto.

«Pensi davvero di volere una dose di cintura dopo che avrò finito con la mano?» Mi fece piovere addosso una raffica di sculacciate sulla parte superiore delle cosce.

«No! Oh. Non voglio. Mykl, ahi.» In un certo senso volevo, però.

«Shh.» Continuò a sculacciare e sembrava che lo stesse facendo sempre più forte. «Regola numero due.» Mi sculacciò di nuovo su entrambe le natiche. «Non puoi chiedermi di smettere di punirti. Puoi dirmi che fa male, ma non puoi chiedermi di smettere.»

«Mykl!» Mi girai per guardarlo, stringendo gli occhi.

«No, voltati.» Mi spinse dolcemente. «Imparerò il tuo corpo e le tue risposte, e non ti spingerò troppo oltre. Regola tre. Non si discute.»

«Non credo che mi piaccia...»

Mi sculacciò più forte, ancora e ancora. «La penalità per chi infrange una qualsiasi regola è la cintura, per iniziare. Forse una cinghia. O un bastone. Se sarà necessario altro, lo prenderemo. Il dottor Daneth ha moltissimi suggerimenti su come gli zandiani possano domare le loro esuberanti compagne.»

Questo avrebbe dovuto farmi arrabbiare. Invece, mi fece bruciare ancora di più per lui. Mi fidavo di questo maschio. Ero così dannatamente bisognosa in questo momento che sarei potuta venire solo dall'impatto della sua mano sul culo, perché ogni volta che mi sculacciava, le vibrazioni e la pressione viaggiavano fino al clitoride, che mi sforzavo anche di premere sulle sue gambe.

Lo afferrai per le cosce, stringendolo. «Cazzo, cazzo, cazzo.»

Mi afferrò una manciata di capelli. «*Kazo*, Kianna, se vuoi che smetta davvero, dillo in zandiano, così.» Disse una parola, ma non stavo prestando attenzione perché, se fossi riuscita ad allineare i movimenti dei fianchi con le sue sculacciate, avrei potuto aumentare il piacere al clitoride, e avrei potuto...

«Mi hai sentito?» Fece una pausa.

«Che cosa?» Aprii gli occhi.

Rise. «Tu, piccolo essere umano voglioso. Ho bisogno che ascolti quello che ho appena detto.»

«Sì, sì.» Impaziente, alzai i fianchi. «Ovviamente.» Mossi leggermente il culo.

«Allora cosa ho detto?»

«Mi stavi dicendo quanto sono cattiva e disobbediente, e come non mi sia permesso fare ogni genere di cose.»

«Dimmi la parola che ti ho appena insegnato.»

Mi leccai le labbra una volta. E un'altra. Poi mossi il culo, perché anche se le sue sculacciate mi bruciavano, mi mandavano anche in orbita. *Scopami.*» Era una supplica ma suonava come una poesia. Spinsi di nuovo i fianchi contro i suoi per provare ancora di più quella deliziosa frizione.

Si chinò. «Tutto a tempo debito. E per ora, smettila di cercare di liberarti. Tieni fermi quei fianchi. Vuoi sapere quale sarà la punizione se raggiungi l'orgasmo senza permesso?»

«Che cosa?» Riuscivo a malapena a respirare.

«Ti scoperò il culo come l'ultima volta, ma non ti lascerò venire fino alla prossima rotazione del pianeta. Ti farò aspettare. Forse anche due rotazioni del pianeta.»

«No! Mykl...»

«Quindi controllati» mormorò. «E segui le mie regole per l'ultima serie di sculacciate.»

Mi massaggiò leggermente la pelle, finché non mi rilassai sulle sue cosce dure. Poi mi sculacciò forte. Ancora.

Gemetti e trattenni il respiro, rendendomi conto che non mi stava trattenendo. Quel rompiscatole, mi stava mettendo alla prova, per vedere se rimanevo sul posto come mi aveva detto di fare.

Era una lotta, perché il mio istinto era quello di sottrarmi alla sua mano forte. Mi stava già bruciando il culo, ma mi costrinsi a restare in posizione mentre mi sculacciava, senza spostarmi, senza parlare.

Quando iniziò a bruciare oltre il sopportabile, gridai.

Senza dire una parola, smise di sculacciare e mi prese tra le braccia. «Vedi? Non mi sono fermato quando ne avevi bisogno?» Mi parlava contro il collo e una delle sue mani trovò la mia figa. «E ora sarai ricompensata per esserti comportata così bene. Sarà divertentissimo addestrarti, Kianna.»

«Non sono un animale domestico da addestrare.» Ma le mie parole mancavano di mordente, perché le sue dita forti e intelligenti mi accarezzavano proprio come piaceva a me.

«Non sei un animale domestico» concordò. «Sei la mia compagna. La mia piccola umana dolce e reattiva. Ti insegnerò a scopare proprio come voglio io.» Fece scivolare le dita dentro di me, massaggiando il punto che mi faceva tremare le cosce.

«Madre Terra» sussultai.

«Farai quello che dico, quando lo dico. Sarai la *mia* schiava del piacere personale» mi promise.

Ma mentre continuava a stuzzicare il mio punto G, usava le altre dita per giocherellare con il clitoride, ed era come se fosse lui il mio schiavo del piacere personale in questo momento. «Mi adorerai» aggiunse, ma la sua voce era così riverente che era chiaro che fosse completamente sotto il mio incantesimo, proprio come succedeva a me con lui.

Il fastidio e il bruciore al sedere erano il complemento perfetto al formicolio che le sue dita stavano provocando dal mio corpo. Non sapevo perché amavo questo mix di dolore e piacere, ma cavolo, sapeva esattamente di cosa avessi bisogno.

«Ti voglio dentro di me.» Premetti le labbra sulle sue. «Non voglio aspettare ancora.»

«Anche io lo voglio.»

Mi fece sdraiare sulla schiena e si alzò per spogliarsi. Spalancai gli occhi mentre si strappava la maglia, i pantaloni. Il suo cazzo era così duro e lungo, di un viola più intenso sulla punta. Aprii le cosce in attesa, con il cuore che batteva forte.

Si mise a cavalcioni su di me, una coscia forte su ciascuno dei fianchi. «Sei mia.» Mi afferrò dietro le cosce, sollevandomi leggermente le gambe, poi mosse una mano per guidare il cazzo verso la mia entrata.

«Sì.» Chiusi gli occhi.

«Guardami, Kianna.» La sua voce era ferma.

Sbattei le palpebre e ripresi fiato vedendo il suo sguardo feroce.

«Guardami mentre ti scopo.» Strofinò il cazzo sul mio ingresso. «Voglio vedere la tua faccia mentre lo faccio.» Era così grosso che, anche se ero bagnata in modo ridicolo, sentii l'attrito della pelle contro la pelle mentre iniziava a entrare nel mio corpo.

«Sei così stretta» mormorò. «Così perfetta.» Un centimetro. Un altro.

Il mio corpo si apriva per lui mentre si muoveva e, anche se mi aspettavo che avrebbe fatto male, provavo solo piacere. I suoi occhi sembravano brillare di un viola più scuro mentre si muoveva.

Tenne gli occhi nei miei mentre spingeva il cazzo profondamente nella figa, e una volta che fu quasi completamente dentro, sorrise. Trionfante. Spinse una volta, e io gridai, un gemito strozzato, mentre un dolore feroce mi attraversava. Un secondo dopo se n'era andato, con la stessa rapidità con cui era venuto.

Si fermò, scrutò il mio viso. «Va tutto bene?»

«Sì.» Lo guardai, estasiata. «Ancora.»

«Ogni tuo desiderio è un ordine.»

«Pensavo che fosse il contrario.» Sussultai mentre usciva, per poi rientrare. «Oh.»

«È entrambe le cose.» Pompò di nuovo, un po' più forte. Controllò la mia reazione.

Gli afferrai i fianchi con entrambe le mani. «Vai più forte, Mykl. Oppure devo darti qualche motivazione?» Alzai un sopracciglio, imitando il modo in cui lo aveva fatto lui prima.

Rise. «Sei nei guai per questo, piccola umana.» Si abbassò e mi diede uno schiaffo sul sedere. Poi pompò più velocemente, finché riuscii a malapena a respirare.

Mi allungai indietro e provai ad afferrargli il sedere, anche se riuscivo a malapena a raggiungere il suo corpo. Adesso ero selvaggia, lo tirai, mi conficcai le unghie, lo toccai ovunque potevo. «Madre Terra.»

Riuscivo a malapena a respirare. La sensazione dentro di me cresceva e i suoi occhi, pieni di così tanta emozione che non avevo mai visto, mi diedero la carica.

«Sto per...» sussurrai, mentre il suo grosso cazzo mi sfiorava il clitoride.

«Insieme» ringhiò, le sue mani forti e calde sul mio corpo. «Ora.»

Mi lasciai andare nella tempesta e gridai il suo nome mentre il mio corpo si riempiva della sensazione più deliziosa della mia vita. Ruggì, spinse ancora e si irrigidì, e tutta la figa si scaldò con la sua sborra. La sensazione della sua essenza dentro di me mi fece precipitare in un secondo orgasmo, ancora migliore del primo. Ero indifesa, finita tra le sue braccia mentre stringevo il corpo e sussultavo, respiravo a malapena, mentre ondate dopo ondate di pura perfezione fluivano attraverso di me.

«Kianna, *kazo*, amore» mormorò, con voce roca e rotta.

Ci adagiammo e lui mi avvolse con le braccia. Le mie

cosce erano appiccicose per lo sperma e, quando abbassai lo sguardo, esclamai sorpresa. «I colori.»

Le amiche mi avevano parlato dei colori dell'arcobaleno dello sperma zandiano, ma vederlo con i miei occhi non era come immaginarlo. «Bello.» Ridacchiai e mi spinsi più vicino al suo petto.

«Non bello quanto te.» Sembrava sorridere anche nella voce. Mi accarezzò i capelli, la spalla. Come se non riuscisse a staccarmi le mani di dosso.

Adoravo il modo in cui sorrideva di più da quando mi aveva incontrata e che lo attribuisse alla mia influenza. Inoltre, nel breve tempo da quando mi aveva reclamata, percepivo che in entrambi erano avvenuti cambiamenti enormi.

Tutto ciò che mancava in lui ora era qui, la capacità di fidarsi di me e di godermi completamente. Quanto a me, non avevo più quella fastidiosa sensazione di non essere amata. Invece, la conoscenza del mio passato e del mio presente turbinavano insieme, e c'era ancora di più di me a disposizione da condividere con Mykl. Lo zandiano che amavo.

«Se è così che ti comporti, devo dire che sono molto felice di avere scelto te invece di Arc e Bow.» Mi pavoneggiai e mi girai, avvicinandomi per mordergli l'orecchio.

«Nominali ancora una volta e vado a prendere la cinghia» ringhiò e mi morse l'orecchio in risposta, e un formicolio mi corse lungo il collo e nei capezzoli.

Se non fossi stata così sazia, avrei potuto ridacchiare e dire «Arc-e-Bow» molto velocemente solo per vedere se avrebbe mantenuto la promessa. Invece, mi allungai lungo il suo corpo e feci scorrere le mani sui suoi impressionanti tricipiti. «Chi? Non conosco gli esseri di cui parli. Devono essere dei subalterni insignificanti.»

«Dannatamente giusto.» Strinse delicatamente un capezzolo e mi piazzò un bacio sulla testa. «Impari in fretta, piccola umana.» Sembrava contento.

«Ah, finalmente riconosci il vero valore degli esseri umani.»

Lo stavo prendendo in giro, ma lui era ancora tra le mie braccia. Poi si girò e mi prese con attenzione il viso con entrambe le mani. «Kianna, ti preoccupa ancora?» Mi guardò negli occhi. «Lo giuro, io... ti amo. Rispetto tutte le donne umane, specialmente te.»

Notai che nonostante lui ci credesse, non gli era facile dirlo. Avrei quasi voluto piangere e mettermi una mano sulla bocca mentre lo guardavo lottare con le parole, mentre le pronunciava. Le sue spalle erano rigide, il volto determinato. Madre Terra, a volte era difficile per questi orgogliosi zandiani lasciare uscire i propri sentimenti una volta che iniziavano a provarli.

«Non mi preoccupa, Mykl.» Gli toccai la guancia, tracciandone il profilo. «Stavo scherzando.»

Lui annuì, solenne. «Lo immaginavo, ma volevo controllare.» Era ancora teso. «Alle volte non sono sicuro.»

Mirelle mi aveva detto che per loro diventava sempre più facile, soprattutto quando facevano molto sesso con le umane. Aveva detto che aveva portato i suoi maschi zandiani proprio al punto in cui li voleva: il mix perfetto tra padroni feroci e dominanti e partner rispettosi e sensibili.

Come Mirelle, non volevo che fosse troppo sensibile. Sbuffai tra me, pensando ad Arc e Bow e al loro tiepido abbraccio. Buona fortuna a Cressa. Naturalmente, se avessero provato vera passione per lei, forse sarebbero stati selvaggi e dominanti come lo era Mykl con me. Alzai mentalmente le spalle. Poi li scacciai dalla mia mente.

«Ti rispetto anch'io. L'ho sempre fatto. E ti amo. Lo sai.»

Mi sorrise e ora sentii gli occhi bagnarsi, perché il suo sorriso era bellissimo. Ed era per me. La cosa che desideravo da così tanto tempo, l'essere che desideravo, era mio. Era incredibile. Un vero dono dell'universo, proprio nel giorno del solstizio, il giorno più magico del ciclo solare.

«Non parteciperai al programma Outlander.» Mi strinse il polso con le sue dita forti. «Te lo proibisco.»

«E se volessi davvero andare?» Alzai l'altro polso verso la sua mano in modo che potesse afferrare anche quello.

«È così?» Alzò un sopracciglio.

«No.» Arrossii. «Ci ho pensato per un attimo, quando credevo che avresti...»

Annuì. «Capisco. Ma sai che quel programma non è adatto a te.»

Mi accigliai. «Perché sono troppo debole?» Mi irrigidii tra le sue braccia.

«Rilassati.» Mi baciò un lato del viso. «Perché sei troppo intelligente. La cosa sul rilassamento mentale? È quello che devi sviluppare. Cambierà Zandia.»

«Oh, no» dissi, e avrei gesticolato con le mani se non le avesse bloccate entrambi.

«Oh sì.» La sua voce era ferma. «Lo sai anche tu. È giusto ammetterlo. Che tu puoi fare qualcosa di importante per questo pianeta. Che hai capacità critiche che nessun altro può replicare.»

Mi sentii avvampare. Mi schiarii la gola. «Ho discusso della possibilità di avviare un corso per insegnarlo ai guerrieri che hanno bisogno di concentrarsi» Deglutii. «A quanto pare il Maestro Seke è molto interessato e pensa che possa essere un importante strumento di addestramento per i guerrieri.» Ero raggiante. Poi aggiunsi: «Ma non voglio vantarmi.»

«C'è una differenza tra una fatua pomposità e un genuino orgoglio per la qualità del proprio lavoro.» Si avvicinò e mi sussurrò all'orecchio «E sai una cosa? Se avrò bisogno di usare la cinghia per aiutarti a ricordarlo, lo farò, Kianna.

Intendo una di quelle sculacciate che potrebbero essere più una punizione che un piacere.»

Sentii una nuova ondata di umidità tra le cosce. «Mykl...» sussultai, abbassandomi per accarezzarlo. Stelle, era già di nuovo duro.

Sbuffò. «Sei impossibile.» Ma stava sorridendo.

«E tu?» Gli toccai il petto e premetti leggermente. Volevo scoparlo di nuovo, ma dovevo fare una domanda scottante che avevo in mente. «Hai finito con le acrobazie da guerriero? Ti accontenterai di restare qui e fare lavori di ingegneria, o dovrò dominarti completamente e ammanettarti al letto e trasformarti nel mio schiavo di piacere in modo da non dovermi preoccupare che tu parta su navicelle da guerra per impegnarti in pericolosi salvataggi?» Stavo scherzando, ma ero consapevole che c'era una nota di disperazione nella mia voce.

«Prima di tutto, ad essere ammanettata sarai sempre tu. Cerchiamo di essere chiari.» Poi smise di sorridere e mi guardò dritto negli occhi. «Kianna, ti preoccupi così tanto?»

Annuii, sentendo salire le lacrime. «Anche solo pensare a questa possibilità mi fa prendere dal panico.»

Sospirò. «Ho deciso di unirmi a quella missione perché ero dedito al recupero della femmina zandiana, anche se questo mi ha messo a dura prova fino ai limiti delle mie capacità fisiche. Riconosco che, sebbene fossi una risorsa in quel viaggio, in parte grazie al tuo aiuto, sono più adatto a lavorare quaggiù. *Sotto* le stelle. Non *tra* le stelle.»

Sembrava disperato, in un certo senso. Sospettavo che questa sarebbe stata una lotta lunga tutta la vita per Mykl. Una battaglia che ero pronta ad aiutarlo a combattere.

«Oh, Mykl.» Gli strinsi la mano. «Io e te? Siamo tra le stelle tanto quanto qualsiasi essere. Non abbiamo bisogno di toccarle per sperimentarlo.»

Mi scrutò in viso. Mi guardò per un lungo momento. Poi

annuì. «Sì. Finché avremo l'altro accanto, potremo essere felici qui, sostenendo coloro che amiamo e aiutando a forgiare combattenti migliori.»

«Ogni stella viene da qualche parte» gli ricordai. «Una base solida da cui si è trasformata in brillantezza e luce. La base potrebbe non essere così appariscente, ma è altrettanto intrinseca all'essenza dell'insieme.»

Sorrise. «Sei saggia, Kianna.» Mi accarezzò il braccio. «Sono fortunato ad averti come mia compagna.»

«Sono altrettanto fortunata.»

«Allora cerchiamo di essere fortunati insieme, per sempre.» Mi baciò ed ebbi a malapena il tempo di ammirare la velocità con cui si era sentito a suo agio nello scambiare promesse significative. Perché le sue mani talentuose e sexy si mossero verso il mio seno, e il cazzo si allungò, si indurì ancora di più tanto da pulsarmi contro il fianco. Il mio corpo era pieno di adrenalina e desiderio, e non vedevo l'ora di averlo di nuovo.

Non sapevo se fosse fortuna, o destino, o qualche magia nelle Luci zandiane. Qualunque fosse stato il movimento dei pianeti celesti che aveva unito me e Mykl, ne ero grata. E sapevo che insieme avremmo avuto una vita meravigliosa piena di amore. Premetti il corpo contro il suo, il bagliore delle luci del solstizio era ancora impresso sotto le mie palpebre, e quando diventammo una cosa sola, tutti i miei sogni risplendettero, felici e luminosi.

Fine

IL PROSSIMO NELLA SERIE LE SPOSE ZANDIANE

Trattenuta dallo zandiano
Spose zandiane, libro 5
di Renee Rose e Rebel West

Non ci si può fidare delle femmine umane.

Ha ucciso per sfuggire al suo ex padrone di schiave.

Si è nascosta sulla mia navicella. Mi ha iniettato del veleno.

Ora mi è stata consegnata in libertà vigilata.

Il mio lavoro è tenerla d'occhio. Dominarla. Disciplinarla.

Sta a me decidere se è degna di avere asilo sul nostro pianeta.

E sto temporeggiando sulla decisione.

Perché, le stelle possono testimoniarlo, mi piace proprio nel posto in cui è.

Nella mia casa. Nel mio letto.

Trattenuta da me.

Trattenuta dallo zandiano

OTTIENI IL TUO LIBRO GRATIS!

Iscrivetevi alla newsletter di Renee per ricevere Indomita, scene bonus gratuite e notifiche riguardo a nuove pubblicazioni!

https://subscribepage.com/reneeroseit

ALTRI LIBRI DI RENEE ROSE

https://reneeroseromance.com/italiano/

I peccati di Chicago

La tana dei peccati

Radicato nel peccato

Uomo d'onore

Non provocarmi

Non tentarmi

Non costringermi

Dominami - la serie

Padrone reale

Sì, dottore

Padrone russo

Padrone marine

I suoi due padroni

Il padrone della segreta

Padrone di fuoco

Chicago Bratva

Preludio

Il direttore

Il risolutore

Posseduta

Il sicario

Il soldato

L'AUTORE RENEE ROSE

L'autrice oggi bestseller negli Stati Uniti Renee Rose ama gli eroi alfa dominanti dal linguaggio sboccato! Ha venduto oltre un milione di copie dei suoi romanzi bollenti, con variabili livelli di erotismo. I suoi libri sono comparsi su *USA Today's Happily Ever After* e *Popsugar*. Nominata *Migliore autrice erotica da Eroticon USA* nel 2013, ha vinto come autrice antologica e di fantascienza preferita dello *Spunky and Sassy*, come miglior romanzo storico sul *The Romance Reviews* e migliore coppia e autrice di fantascienza, paranormale, storica, erotica ed ageplay dello *Spanking Romance Reviews*. È entrata dieci volte nella lista di *USA Today* con varie antologie.

Iscrivetevi alla newsletter di Renee per ricevere scene bonus gratuite e notifiche riguardo a nuove pubblicazioni!
https://www.subscribepage.com/reneeroseit

facebook.com/Autrice-Renee-Rose-101548325414563
instagram.com/reneeroseromance
tiktok.com/@reneeroseromance